악의 꽃

악의 꽃

샤를 보들레르

황현산 옮김

LES FLEURS DU MAL
Charles Baudelaire

일러두기

1   이 책은 Baudelaire, *Œuvres complètes, I.* Texte établi, présenté et annoté par
Claude Pichois, "Bibliothèque de la Pléiade", Gallimard, 2004에 수록된 *Les
Fleurs du Mal* [1861]을 토대로 우리말로 번역했다.

차례

AU LECTEUR

La sottise, l'erreur, le péché, la lésine,
Occupent nos esprits et travaillent nos corps,
Et nous alimentons nos aimables remords,
Comme les mendiants nourrissent leur vermine.

Nos péchés sont têtus, nos repentirs sont lâches;
Nous nous faisons payer grassement nos aveux,
Et nous rentrons gaiement dans le chemin bourbeux,
Croyant par de vils pleurs laver toutes nos taches.

Sur l'oreiller du mal c'est Satan Trismégiste
Qui berce longuement notre esprit enchanté,
Et le riche métal de notre volonté
Est tout vaporisé par ce savant chimiste.

C'est le Diable qui tient les fils qui nous remuent!
Aux objets répugnants nous trouvons des appas;
Chaque jour vers l'Enfer nous descendons d'un pas,
Sans horreur, à travers des ténèbres qui puent.

Ainsi qu'un débauché pauvre qui baise et mange
Le sein martyrisé d'une antique catin,

독자에게

어리석음, 과오, 죄악, 인색이
우리의 정신을 차지하고 우리의 몸을 들볶으니,
우리는 친절한 뉘우침을 기른다,
거지들이 그들의 이를 기르듯.

우리의 죄는 끈덕지고 후회는 무르다.
우리는 참회의 값을 톡톡히 받고
희희낙락 진창길로 되돌아온다,
비열한 눈물로 때가 말끔히 씻기기나 한 듯이.

악의 베갯머리에는 사탄 트리스메지스트,
우리의 홀린 넋을 추근추근 흔들어 재우니,
우리네 의지라는 귀한 금속은
이 유식한 화학자의 손에서 감쪽같이 증발한다.

줄을 잡고 우리를 조종하는 것은 저 악마!
역겨운 것에서도 우리는 매혹을 찾아내어,
날마다 지옥을 향해 한걸음씩 내려간다,
두려운 줄도 모르고, 악취 풍기는 어둠을 건너.

늙어 빠진 갈보의 부대끼고 남은 젖가슴을
핥고 빨아 대는 가난한 탕아처럼,

Nous volons au passage un plaisir clandestin
Que nous pressons bien fort comme une vieille orange.

Serré, fourmillant, comme un million d'helminthes,
Dans nos cerveaux ribote un peuple de Démons,
Et, quand nous respirons, la Mort dans nos poumons
Descend, fleuve invisible, avec de sourdes plaintes.

Si le viol, le poison, le poignard, l'incendie,
N'ont pas encor brodé de leurs plaisants dessins
Le canevas banal de nos piteux destins,
C'est que notre âme, hélas! n'est pas assez hardie.

Mais parmi les chacals, les panthères, les lices,
Les singes, les scorpions, les vautours, les serpents,
Les monstres glapissants, hurlants, grognants, rampants,
Dans la ménagerie infâme de nos vices,

Il en est un plus laid, plus méchant, plus immonde!
Quoiqu'il ne pousse ni grands gestes ni grands cris,
Il ferait volontiers de la terre un débris
Et dans un bâillement avalerait le monde;

우리는 길목에서 은밀한 쾌락을 훔쳐
말라붙은 귤을 짜듯 악착같이 쥐어짠다.

빈틈없이 우글우글, 백만 마리 회충 같은
마귀의 무리, 우리의 뇌수에서 잔치판을 벌이고,
우리가 숨을 쉬면, 보이지 않는 강물
죽음이 허파 속으로 소리 죽여 투덜대며 흘러내린다.

강간, 독약, 비수, 방화, 그것들이
우리네 한심한 운명의 진부한 캔버스를
그 유쾌한 그림으로 아직도 수놓지 않았다면,
그건, 오호라! 우리의 마음이 그만큼 대담하지 못하기 때문.

그러나 승냥이, 표범, 사냥개,
원숭이, 전갈, 독수리, 뱀,
우리네 악덕의 추접한 동물원에서
짖어대고 으르대고 투그리고 기어 다니는 저 괴물들 가운데,

가장 추악하고, 가장 악랄하고, 가장 더러운 놈이 하나 있어,
야단스런 몸짓도 없이 이렇다 할 고함 소리도 없이,
지구를 거뜬히 산산조각 박살 내고,
하품 한 번에 온 세상을 삼킬지니,

C'est l Ennui! — l'œil chargé d'un pleur involontaire,

Il rêve d'échafauds en fumant son houka.

Tu le connais, lecteur, ce monstre délicat,

— Hypocrite lecteur, — mon semblable, — mon frère!

그놈이 바로 **권태**! ― 눈에는 본의 아닌 눈물 머금고,
물담뱃대 피워대며 단두대를 꿈꾼다.
그대는 알고 있지, 독자여, 이 까다로운 괴물을,
― 위선자인 독자여, ― 나와 똑같은 자여, ― 내 형제여!

L'ALBATROS

Souvent, pour s'amuser, les hommes d'équipage
Prennent des albatros, vastes oiseaux des mers,
Qui suivent, indolents compagnons de voyage,
Le navire glissant sur les gouffres amers.

À peine les ont-ils déposés sur les planches,
Que ces rois de l'azur, maladroits et honteux,
Laissent piteusement leurs grandes ailes blanches
Comme des avirons traîner à côté d'eux.

Ce voyageur ailé, comme il est gauche et veule!
Lui, naguère si beau, qu'il est comique et laid!
L'un agace son bec avec un brûle-gueule,
L'autre mime, en boitant, l'infirme qui volait!

Le Poète est semblable au prince des nuées
Qui hante la tempête et se rit de l'archer;
Exilé sur le sol au milieu des huées,
Ses ailes de géant l'empêchent de marcher.

알바트로스

뱃사람들은 아무 때나 그저 장난으로,
커다란 바닷새 알바트로스를 붙잡는다네,
험한 심연 위로 미끄러지는 배를 따라
태무심하게 나르는 이 길동무들을.

그자들이 갑판 위로 끌어내리자마자
이 창공의 왕자들은, 어색하고 창피하여,
가엾게도 그 크고 흰 날개를
노라도 끄는 양 옆구리에 늘어뜨리네.

이 날개 달린 나그네, 얼마나 서투르고 무력한가!
방금까지 그리 아름답던 신세가, 어찌 이리 우습고
    추레한가!
어떤 녀석은 파이프로 부리를 때리며 약을 올리고,
또 다른 녀석은, 절름절름, 하늘을 날던 병신을 흉내 내네!

시인도 그와 다를 것이 없으니, 이 구름의 왕자,
폭풍 속을 넘나들고 사수를 비웃건만,
땅 위의 야유 소리 한가운데로 쫓겨나선,
그 거인의 날개가 도리어 발걸음을 방해하네.

ÉLÉVATION

Au-dessus des étangs, au-dessus des vallées,
Des montagnes, des bois, des nuages, des mers,
Par delà le soleil, par delà les éthers,
Par delà les confins des sphères étoilées,

Mon esprit, tu te meus avec agilité,
Et, comme un bon nageur qui se pâme dans l'onde,
Tu sillonnes gaiement l'immensité profonde
Avec une indicible et mâle volupté.

Envole-toi bien loin de ces miasmes morbides;
Va te purifier dans l'air supérieur,
Et bois, comme une pure et divine liqueur,
Le feu clair qui remplit les espaces limpides.

Derrière les ennuis et les vastes chagrins
Qui chargent de leur poids l'existence brumeuse,
Heureux celui qui peut d'une aile vigoureuse
S'élancer vers les champs lumineux et sereins;

Celui dont les pensers, comme des alouettes,
Vers les cieux le matin prennent un libre essor,

상승

못을 넘어, 골짜기를 넘어,
산을, 숲을, 구름을, 바다를 넘어,
태양을 지나, 에테르를 지나,
별 박힌 천구(天球)의 경계를 지나,

내 정신아, 너는 날렵하게 움직여,
물결 속에서 넋을 잃는 수영선수처럼,
형언할 수 없고 씩씩한 기쁨에 겨워
그윽한 무한대를 쾌활하게 누빈다.

이 병든 장기(瘴氣)에서 멀리 날아가,
드높은 대기 속에서 너를 맑게 씻고,
청명한 공간을 가득 채운 저 밝은 불을
순결하고 신성한 술처럼 마셔라.

안개 낀 삶을 무겁게 짓누르는
권태와 망망한 근심걱정에 등 돌리고,
복되도다, 빛나고 청명한 벌판을 향해
힘찬 날개로 날아갈 수 있는 자,

생각이 종달새처럼, 하늘을 향해
아침마다 자유 비상을 하는 자,

—— Qui plane sur la vie, et comprend sans effort
Le langage des fleurs et des choses muettes!

── 삶 위로 날며, 꽃들과 말 없는 것들의 말을
애쓰지 않고 알아듣는 자 복되도다!

CORRESPONDANCES

La Nature est un temple où de vivants piliers
Laissent parfois sortir de confuses paroles;
L'homme y passe à travers des forêts de symboles
Qui l'observent avec des regards familiers.

Comme de longs échos qui de loin se confondent
Dans une ténébreuse et profonde unité,
Vaste comme la nuit et comme la clarté,
Les parfums, les couleurs et les sons se répondent.

Il est des parfums frais comme des chairs d'enfants,
Doux comme les hautbois, verts comme les prairies,
— Et d'autres, corrompus, riches et triomphants,

Ayant l'expansion des choses infinies,
Comme l'ambre, le musc, le benjoin et l'encens,
Qui chantent les transports de l'esprit et des sens.

만물조응

자연은 하나의 신전, 거기 살아 있는 기둥들은
간혹 혼돈스런 말을 흘려보내니,
인간은 정다운 눈길로 그를 지켜보는
상징의 숲을 건너 거길 지나간다.

밤처럼 날빛처럼 광막한,
어둡고 그윽한 통합 속에
멀리서 뒤섞이는 긴 메아리처럼,
향과 색과 음이 서로 화답한다.

어린이 살결처럼 신선한 향기, 오보에처럼
부드러운 향기, 초원처럼 푸른 향기들에
── 썩고, 풍성하고, 진동하는, 또 다른 향기들이 있어,

호박향, 사향, 안식향, 훈향처럼,
무한한 것들의 확산력을 지니고,
정신과 감각의 앙양을 노래한다.

L'ENNEMI

Ma jeunesse ne fut qu'un ténébreux orage,
Traversé çà et là par de brillants soleils;
Le tonnerre et la pluie ont fait un tel ravage,
Qu'il reste en mon jardin bien peu de fruits vermeils.

Voilà que j'ai touché l'automne des idées,
Et qu'il faut employer la pelle et les râteaux
Pour rassembler à neuf les terres inondées,
Où l'eau creuse des trous grands comme des tombeaux.

Et qui sait si les fleurs nouvelles que je rêve
Trouveront dans ce sol lavé comme une grève
Le mystique aliment qui ferait leur vigueur?

—— Ô douleur! ô douleur! Le Temps mange la vie,
Et l'obscur Ennemi qui nous ronge le cœur
Du sang que nous perdons croît et se fortifie!

원수

내 청춘은 캄캄한 폭풍우에 지나지 않았구나,
여기저기 찬연한 햇빛이야 몇 줄기 뚫고 들어왔지.
천둥과 비바람 그리도 모질게 휘몰아쳐
내 뜰에 빨간 열매 남은 것 별로 없다.

내 어느덧 사상의 가을에 다다르고 말았으니,
이제 삽과 쇠스랑을 거머쥐고
홍수 뒤에 무덤같이 커다란 웅덩이가 패여
물에 잠긴 이 땅을 다시 긁어모아야만 하리라.

누가 알랴, 내가 꿈꾸는 새로운 꽃들이
모래톱처럼 씻겨 나간 이 흙 속에서 신비로운 자양을
찾아내어 활력을 얻을 수 있을지 말지?

── 오, 괴로움이여! 괴로움이여! 시간은 생명을 먹고,
우리의 심장을 갉는 정체 모를 원수는
우리가 잃는 피로 자라며 강성해지는구나!

BOHÉMIENS EN VOYAGE

La tribu prophétique aux prunelles ardentes
Hier s'est mise en route, emportant ses petits
Sur son dos, ou livrant à leurs fiers appétits
Le trésor toujours prêt des mamelles pendantes.

Les hommes vont à pied sous leurs armes luisantes
Le long des chariots où les leurs sont blottis,
Promenant sur le ciel des yeux appesantis
Par le morne regret des chimères absentes.

Du fond de son réduit sablonneux, le grillon,
Les regardant passer, redouble sa chanson;
Cybèle, qui les aime, augmente ses verdures,

Fait couler le rocher et fleurir le désert
Devant ces voyageurs, pour lesquels est ouvert
L'empire familier des ténèbres futures.

길 떠나는 집시

눈동자 이글거리는 점쟁이 피붙이가
어제 길을 떠났다, 등짝에 어린 것들
둘러업고, 또는 그 사나운 배고픔에
늘 마련된 보물, 늘어진 젖꼭지를 내맡기고.

사내들은 번쩍이는 무기를 두르고,
제 식구들이 웅크린 마차를 따라 걸어가며,
있지도 않는 환영을 쫓는 서글픈 아쉬움에
무거워지는 눈으로 하늘을 더듬는다.

모래 굴방 구석에서는 귀뚜라미가
지나가는 그들을 보고 두 배로 노래하고,
그들을 사랑하는 **키벨레**는 이 길손들 앞길에,

녹음을 북돋아, 바위에서 샘물 솟고
사막에 꽃피게 하니, 그들에게 열린 것은
컴컴한 미래의 낯익은 왕국.

LA BEAUTÉ

Je suis belle, ô mortels! comme un rêve de pierre,
Et mon sein, où chacun s'est meurtri tour à tour,
Est fait pour inspirer au poète un amour
Éternel et muet ainsi que la matière.

Je trône dans l'azur comme un sphinx incompris;
J'unis un coeur de neige à la blancheur des cygnes;
Je hais le mouvement qui déplace les lignes,
Et jamais je ne pleure et jamais je ne ris.

Les poètes, devant mes grandes attitudes,
Que j'ai l'air d'emprunter aux plus fiers monuments,
Consumeront leurs jours en d'austères études;

Car j'ai, pour fasciner ces dociles amants,
De purs miroirs qui font toutes choses plus belles :
Mes yeux, mes larges yeux aux clartés éternelles!

미(美)

나는 아름답다, 돌의 꿈처럼, 오 덧없는 인간들아!
너희들이 저마다 차례차례 상처를 입는 내 젖가슴은
질료처럼 영원하고 말없는 사랑을
시인에게 하나씩 불어넣도록 만들어진 것.

나는 저 알지 못할 스핑크스처럼 창공에 군림하여,
백설의 마음을 백조의 순백에 결합하고,
선을 움직이는 운동을 미워하니,
결코 나는 울지 않고, 결코 나는 웃지 않는다.

시인들은, 오만한 기념물에서 빌린 듯한
내 당당한 자태 앞에서
준엄한 연찬으로 그들의 나날을 소진하리라!

이 고분고분한 애인들을 홀리기 위하여,
만물을 더욱 아름답게 보여 주는 순결한 거울,
내 두 눈, 내 영원한 광채의 거대한 눈을 가졌기 때문에!

샤를 보들레르, 「자화상」
1860

샤를 보들레르,「잔 뒤발」
1865

HYMNE A LA BEAUTÉ

Viens-tu du ciel profond ou sors-tu de l'abîme,
Ô Beauté! ton regard, infernal et divin,
Verse confusément le bienfait et le crime,
Et l'on peut pour cela te comparer au vin.

Tu contiens dans ton œil le couchant et l'aurore;
Tu répands des parfums comme un soir orageux;
Tes baisers sont un philtre et ta bouche une amphore
Qui font le héros lâche et l'enfant courageux.

Sors-tu du gouffre noir ou descends-tu des astres?
Le Destin charmé suit tes jupons comme un chien;
Tu sèmes au hasard la joie et les désastres,
Et tu gouvernes tout et ne réponds de rien.

Tu marches sur des morts, Beauté, dont tu te moques;
De tes bijoux l'Horreur n'est pas le moins charmant,
Et le Meurtre, parmi tes plus chères breloques,
Sur ton ventre orgueilleux danse amoureusement.

L'éphémère ébloui vole vers toi, chandelle,
Crépite, flambe et dit : Bénissons ce flambeau!

미녀 찬가

깊은 하늘에서 오느냐, 심연에서 솟느냐,
오 미녀여! 네 시선, 그악스럽고도 거룩하여,
선행과 죄악을 어지럽게 쏟아부으니,
너를 그래서 술에 빗댈 수 있으리.

너는 네 눈에 석양과 여명을 담고 있거니,
너는 폭풍우 몰아치는 저녁처럼 향기를 내뿜고,
네 입맞춤은 미약(媚藥), 네 입은 술 단지,
영웅을 비겁하게 아이를 담대하게 만든다.

캄캄한 구렁텅이에서 나오느냐, 별에서 내려오느냐?
운명이 넋을 잃고 개처럼 네 속치마를 뒤쫓는구나.
너는 닥치는 대로 환희와 재난을 뿌리고,
일체를 다스리되 일절 책임지지 않는다.

넌 주검들을 밟고 가는구나, 미녀여, 네가 비웃는 그들을.
네 보석들 중에도 **공포는** 매력이 적잖고,
너의 가장 값진 장신구들 가운데 살인이
너의 오만한 배 위에서 어여삐 춤추는구나.

현혹된 하루살이가 너, 촛불을 향해 날아들어,
따닥따닥 불타면서도 하는 말, "이 불길을 축복하자!"

L'amoureux pantelant incliné sur sa belle
A l'air d'un moribond caressant son tombeau.

Que tu viennes du ciel ou de l'enfer, qu'importe,
Ô Beauté! monstre énorme, effrayant, ingénu!
Si ton œil, ton souris, ton pied, m'ouvrent la porte
D'un Infini que j'aime et n'ai jamais connu?

De Satan ou de Dieu, qu'importe? Ange ou Sirène,
Qu'importe, si tu rends, — fée aux yeux de velours,
Rythme, parfum, lueur, ô mon unique reine! —
L'univers moins hideux et les instants moins lourds?

제 예쁜 여자 위에 몸을 기울이고 헐떡거리는 애인은
제 무덤을 어루만지는 다 죽어 가는 환자 같아라.

네가 천국에서 오건 지옥에서 오건, 무슨 상관이냐,
오 미녀여! 거대하고, 끔찍하고, 천진난만한 괴물아!
만일 너의 눈, 너의 미소, 너의 발이 내가 사랑하면서도
일찍이 알지 못한 무한의 문을 열어만 준다면?

사탄에게서건, 신에게서건, 무슨 상관이냐? 천사건
        세이레네스이건,
무슨 상관이냐, 만일 네가, ― 비로드 눈의 요정이여,
율동이여, 향기여, 빛이여, 오 나의 유일한 여왕이여! ―
세상을 덜 추악하게 하고, 순간순간을 덜 무겁게만 해
        준다면?

PARFUM EXOTIQUE

Quand, les deux yeux fermés, en un soir chaud d'automne,

Je respire l'odeur de ton sein chaleureux,

Je vois se dérouler des rivages heureux

Qu'éblouissent les feux d'un soleil monotone;

Une île paresseuse où la nature donne

Des arbres singuliers et des fruits savoureux;

Des hommes dont le corps est mince et vigoureux,

Et des femmes dont l'œil par sa franchise étonne.

Guidé par ton odeur vers de charmants climats,

Je vois un port rempli de voiles et de mâts

Encor tout fatigués par la vague marine,

Pendant que le parfum des verts tamariniers,

Qui circule dans l'air et m'enfle la narine,

Se mêle dans mon âme au chant des mariniers.

이국의 향기

따뜻한 가을날 저녁, 두 눈을 감고,
훈훈한 네 젖가슴 냄새 맡노라면,
단조로운 불볕에 눈이 부신
행복한 해변이 펼쳐지는구나.

그것은 게으름의 섬나라, 자연이 거기
마련하는 것은 기이한 나무들과 맛 좋은 열매들,
몸매 날씬하고 힘찬 사나이들,
그 솔직한 시선이 놀라운 여자들.

매혹적인 풍토로 그대 향기에 이끌릴 때,
바다의 파도에 아직도 온통 지쳐 있는
돛과 돛대 가득한 항구가 보이는구나.

초록색 타마린드 향기가 그때
바람에 떠돌며 내 콧구멍을 부풀리고,
내 영혼 속에서 선원들의 노래와 섞이고.

LE BALCON

Mère des souvenirs, maîtresse des maîtresses,
Ô toi, tous mes plaisirs! ô toi, tous mes devoirs!
Tu te rappelleras la beauté des caresses,
La douceur du foyer et le charme des soirs,
Mère des souvenirs, maîtresse des maîtresses!

Les soirs illuminés par l'ardeur du charbon,
Et les soirs au balcon, voilés de vapeurs roses.
Que ton sein m'était doux! que ton cœur m'était bon!
Nous avons dit souvent d'impérissables choses
Les soirs illuminés par l'ardeur du charbon.

Que les soleils sont beaux dans les chaudes soirées!
Que l'espace est profond! que le cœur est puissant!
En me penchant vers toi, reine des adorées,
Je croyais respirer le parfum de ton sang.
Que les soleils sont beaux dans les chaudes soirées!

La nuit s'épaississait ainsi qu'une cloison,
Et mes yeux dans le noir devinaient tes prunelles,
Et je buvais ton souffle, ô douceur! ô poison!

발코니

추억의 어머니여, 연인 중의 연인이여,
오 그대, 내 모든 기쁨이여! 오 그대, 내 모든 의무여!
그대 생각나는가, 애무의 그 아름다움이,
화롯불의 그 따뜻함이, 저녁의 그 매혹이,
추억의 어머니여, 애인 중의 애인이여!

숯불의 뜨거움으로 불 밝힌 저녁,
그리고 장밋빛 안개에 덮인 발코니의 저녁.
그대 가슴 얼마나 포근했던가! 그대 마음 얼마나
　　정다웠던가!
우리는 자주 불멸의 것들을 이야기했었지.
숯불의 뜨거움으로 불 밝힌 저녁.

따뜻한 저녁이면 태양은 얼마나 아름다운가!
하늘은 얼마나 깊은가! 마음은 얼마나 강렬한가!
애인 중의 여왕이여, 내 그대에게 몸을 기대면,
그대 피의 향기를 맡는 것만 같았지.
따뜻한 저녁이면 태양은 얼마나 아름다운가!

밤은 벽처럼 내내 두터워지고,
내 눈은 어둠 속에서 그대 눈동자를 알아보았지,
그리고 나는 그대 숨결을 마셨지, 오 달콤함이여! 오 독기여!

Et tes pieds s'endormaient dans mes mains fraternelles.
La nuit s'épaississait ainsi qu'une cloison.

Je sais l'art d'évoquer les minutes heureuses,
Et revis mon passé blotti dans tes genoux.
Car à quoi bon chercher tes beautés langoureuses
Ailleurs qu'en ton cher corps et qu'en ton coeur si doux?
Je sais l'art d'évoquer les minutes heureuses!

Ces serments, ces parfums, ces baisers infinis,
Renaîtront-ils d'un gouffre interdit à nos sondes,
Comme montent au ciel les soleils rajeunis
Après s'être lavés au fond des mers profondes?
—— Ô serments! ô parfums! ô baisers infinis!

그대의 두 발은 내 정다운 손 안에서 잠이 들었지.
밤은 벽처럼 내내 두터워지고.

행복한 순간들이 되살아나게 하는 법을 나는 안다네,
그대 두 무릎에 웅크린 나의 과거를 그렇게 다시 만나네.
그대의 사랑스런 육체와 그대의 다정한 마음속에서가
        아니라면
그대 번민의 아름다움을 찾은들 그게 무슨 소용이 있으랴?
행복한 순간들이 되살아나게 하는 법을 나는 안다네!

그 맹세, 그 향기, 그 끝없는 입맞춤,
우리의 측심기가 닿지 못할 어느 심연에서 그것들은
        되살아나련가,
깊은 바다 밑에서 미역을 감고
다시 젊어져 하늘에 떠오르는 태양과 같이?
― 오 맹세! 오 향기! 오 끝없는 입맞춤!

HARMONIE DU SOIR

Voici venir les temps où vibrant sur sa tige
Chaque fleur s'évapore ainsi qu'un encensoir;
Les sons et les parfums tournent dans l'air du soir;
Valse mélancolique et langoureux vertige!

Chaque fleur s'évapore ainsi qu'un encensoir;
Le violon frémit comme un cœur qu'on afflige;
Valse mélancolique et langoureux vertige!
Le ciel est triste et beau comme un grand reposoir.

Le violon frémit comme un cœur qu'on afflige,
Un cœur tendre, qui hait le néant vaste et noir!
Le ciel est triste et beau comme un grand reposoir;
Le soleil s'est noyé dans son sang qui se fige.

Un coeur tendre, qui hait le néant vaste et noir,
Du passé lumineux recueille tout vestige!
Le soleil s'est noyé dans son sang qui se fige...
Ton souvenir en moi luit comme un ostensoir!

저녁의 해조

이제 그 시간이 오네, 꽃대 위에서 바들거리며
꽃은 송이송이 향로처럼 피어오르고
소리와 향기 저녁 하늘에 감돌고.
우울한 왈츠에 나른한 어질머리!

꽃은 송이송이 향로처럼 피어오르고,
아픈 마음 하나 떨리듯 바이올린은 흐느끼고,
우울한 왈츠에 나른한 어질머리!
하늘은 대제단처럼 슬프고도 아름답네.

아픈 마음 하나 떨리듯 바이올린은 흐느끼고,
막막하고 어두운 허무가 싫어, 애절한 마음 하나!
하늘은 대제단처럼 슬프고 아름답네.
태양은 얼어붙는 제 피 속에 빠져들고.

막막하고 어두운 허무가 싫어, 애절한 마음 하나,
저 빛나는 과거의 자취를 모두 긁어모으네,
태양은 얼어붙는 제 피 속에 빠져들고……
그대의 추억이 내 안에서 성광(聖光)처럼 빛나네!

L'INVITATION AU VOYAGE

Mon enfant, ma sœur,
Songe à la douceur
D'aller là-bas vivre ensemble!
Aimer à loisir,
Aimer et mourir
Au pays qui te ressemble!
Les soleils mouillés
De ces ciels brouillés
Pour mon esprit ont les charmes
Si mystérieux
De tes traîtres yeux,
Brillant à travers leurs larmes.

Là, tout n'est qu'ordre et beauté,
Luxe, calme et volupté.

Des meubles luisants,
Polis par les ans,
Décoreraient notre chambre;
Les plus rares fleurs
Mêlant leurs odeurs
Aux vagues senteurs de l'ambre,

여행에의 초대

내 아이야, 내 누이야,
거기 가서 같이 사는
그 즐거움을 이제 꿈꾸어라!
느긋이 사랑하고,
사랑하다 죽고지고,
그리도 너를 닮은 그 나라에서!
그 흐린 하늘의
젖은 태양은
내 정신을 호리기에도 알맞게
눈물 너머로 빛나는
네 종잡을 수 없는 눈의
그 신비하고 신비한 매력을 지녔단다,

거기서는 모든 것이 질서와 아름다움,
사치와 고요, 그리고 쾌락일 뿐.

연륜에 닦여,
윤나는 가구들이
우리들의 방을 장식하고,
가장 진귀한 꽃들이
저들의 향기를
은은한 용연향에 뒤섞고,

Les riches plafonds,
Les miroirs profonds,
La splendeur orientale,
Tout y parlerait
À l'âme en secret
Sa douce langue natale.

Là, tout n'est qu'ordre et beauté,
Luxe, calme et volupté.

Vois sur ces canaux
Dormir ces vaisseaux
Dont l'humeur est vagabonde;
C'est pour assouvir
Ton moindre désir
Qu'ils viennent du bout du monde.
—— Les soleils couchants
Revêtent les champs,
Les canaux, la ville entière,
D'hyacinthe et d'or;
Le monde s'endort
Dans une chaude lumière.

호화로운 천장,
그윽한 거울,
동양의 찬란한 광채가 모두
거기에선 속삭이리라,
마음에게 은밀하게,
감미로운 저의 본디 말을.

거기서는 모든 것이 질서와 아름다움,
사치와 고요, 그리고 쾌락일 뿐.

보라, 저 운하에서
잠자는 배들을,
그들의 기질이야 떠도는 나그네,
세상의 끝에서
그들이 오는 것은
네 자잘한 소망까지 채워 주기 위해서지.
── 저무는 태양이
보랏빛, 금빛으로
들판을 덮고, 운하를 덮고,
온 도시를 덮고,
세상은 잠든다,
따사로운 노을빛 속에서.

Là, tout n'est qu'ordre et beauté,
Luxe, calme et volupté.

거기서는 모든 것이 질서와 아름다움,
사치와 고요, 그리고 쾌락일 뿐.

CHANT D'AUTOMNE

I

Bientôt nous plongerons dans les froides ténèbres;
Adieu, vive clarté de nos étés trop courts!
J'entends déjà tomber avec des chocs funèbres
Le bois retentissant sur le pavé des cours.

Tout l'hiver va rentrer dans mon être : colère,
Haine, frissons, horreur, labeur dur et forcé,
Et, comme le soleil dans son enfer polaire,
Mon cœur ne sera plus qu'un bloc rouge et glacé.

J'écoute en frémissant chaque bûche qui tombe;
L'échafaud qu'on bâtit n'a pas d'écho plus sourd.
Mon esprit est pareil à la tour qui succombe
Sous les coups du bélier infatigable et lourd.

Il me semble, bercé par ce choc monotone,
Qu'on cloue en grande hâte un cercueil quelque part.
Pour qui? — C'était hier l'été; voici l'automne!
Ce bruit mystérieux sonne comme un départ.

가을의 노래

I

머지않아 우리는 차가운 어둠 속에 잠기리라,
잘 가라, 너무나 짧았던 우리네 여름날의 생생한 빛아!
내게는 벌써 들려온다, 불길한 충격음을 높이 울리며
안마당 돌바닥에 나뭇짐 떨어지는 소리가.

분노, 증오, 오한, 두려움, 힘겹고 강요된 노역,
이 모든 겨울이 이제 내 삶 속으로 되돌아오니,
내 심장은, 극지의 지옥에 떨어진 태양처럼,
한낱 얼어붙은 살덩이에 지나지 않으리라.

한 개비 한 개비 떨어지는 장작, 나는 떨며 듣는다,
처형대 쌓는 소리도 이보다 더 둔탁하지는 않지.
내 정신은 저 허물어지는 망루와 다름없어,
육중한 파성추가 지칠 줄 모르고 다그친다.

이 단조로운 충격음에 나는 몸을 맡기고 흔들리며,
어디선가 서둘러 관에 못 박는 소리를 듣는 것만 같다.
누구를 위한 관? ── 어제는 여름, 이제는 가을이라니!
저 신비로운 소리가 떠남의 신호처럼 울린다.

II

J'aime de vos longs yeux la lumière verdâtre,
Douce beauté, mais tout aujourd'hui m'est amer,
Et rien, ni votre amour, ni le boudoir, ni l'âtre,
Ne me vaut le soleil rayonnant sur la mer.

Et pourtant aimez-moi, tendre coeur! soyez mère,
Même pour un ingrat, même pour un méchant;
Amante ou sœur, soyez la douceur éphémère
D'un glorieux automne ou d'un soleil couchant.

Courte tâche! La tombe attend; elle est avide!
Ah! laissez-moi, mon front posé sur vos genoux,
Goûter, en regrettant l'été blanc et torride,
De l'arrière-saison le rayon jaune et doux!

II

나는 당신의 갸름한 눈 그 푸르스름한 빛을 사랑하지,
정다운 가인아, 하지만 오늘 내게는 모든 것이 쓰라린 맛,
당신의 사랑도, 침소도, 난로도, 어느 것도,
바다 위에 빛을 뿌리는 태양만은 못하다.

그렇더라도 사랑해 다오, 따뜻한 마음아! 어머니가 되어
　　다오,
은혜를 모르는 놈이라도, 심술궂은 놈이라도.
애인이라도 좋고 누이라도 좋고, 해맑은 가을볕이건
저무는 햇볕이건 그 덧없는 따스함이 되어 다오.

잠깐의 수고! 무덤이 기다린다, 무덤은 허기졌다!
아! 당신의 무릎 위에 이 이마를 올려놓고,
불타오르던 하얀 여름을 그리워하며,
늦가을의 노랗고 부드러운 햇살을 맛보게 하여 다오!

LE SOLEIL

Le long du vieux faubourg, où pendent aux masures

Les persiennes, abri des secrètes luxures,

Quand le soleil cruel frappe à traits redoublés

Sur la ville et les champs, sur les toits et les blés,

Je vais m'exercer seul à ma fantasque escrime,

Flairant dans tous les coins les hasards de la rime,

Trébuchant sur les mots comme sur les pavés

Heurtant parfois des vers depuis longtemps rêvés.

Ce père nourricier, ennemi des chloroses,

Eveille dans les champs les vers comme les roses;

Il fait s'évaporer les soucis vers le ciel,

Et remplit les cerveaux et les ruches le miel.

C'est lui qui rajeunit les porteurs de béquilles

Et les rend gais et doux comme des jeunes filles,

Et commande aux moissons de croître et de mûrir

Dans le coeur immortel qui toujours veut fleurir!

Quand, ainsi qu'un poète, il descend dans les villes,

Il ennoblit le sort des choses les plus viles,

Et s'introduit en roi, sans bruit et sans valets,

Dans tous les hôpitaux et dans tous les palais.

태양

비밀스런 음란의 가림막, 겉창들이
누옥마다 걸려 있는, 낡은 성밖길 따라,
거리와 들판에, 지붕과 밀밭에,
사나운 태양이 화살을 두 배로 쏘아 댈 때,
나는 홀로 환상의 칼싸움을 연습하려 간다,
거리 구석구석에서마다 각운(脚韻)의 우연을 냄새 맡으며,
포석에 걸리듯 말에 비틀거리며,
때로는 오랫동안 꿈꾸던 시구와 맞닥뜨리며.

젖 주시는 아버지, 저 위황병(萎黃病)의 천적은
장미를 깨우듯 들판에서 시구를 깨우고,
이런저런 근심을 하늘로 날려 보내고,
뇌수와 벌집을 꿀로 채운다.
목발 짚은 사람들 다시 젊게 하여
소녀처럼 즐겁고 다정하게 웃게 하는 것도,
언제나 꽃피고 싶은 불멸의 가슴에서
자라라 익어라 오곡백과에 명하시는 것도 그 어른!

한 사람 시인처럼, 그 어른이 거리에 내릴 때면,
더없이 비천한 것들의 운명까지도 귀하게 하고,
소리도 없이 시종도 없이 왕처럼 듭신다,
어느 병원도, 어느 궁궐도 마다함이 없이.

LES SEPT VIEILLARDS

À VICTOR HUGO

Fourmillante cité, cité pleine de rêves,
Où le spectre en plein jour raccroche le passant!
Les mystères partout coulent comme des sèves
Dans les canaux étroits du colosse puissant.

Un matin, cependant que dans la triste rue
Les maisons, dont la brume allongeait la hauteur,
Simulaient les deux quais d'une rivière accrue,
Et que, décor semblable à l'âme de l'acteur,

Un brouillard sale et jaune inondait tout l'espace,
Je suivais, roidissant mes nerfs comme un héros
Et discutant avec mon âme déjà lasse,
Le faubourg secoué par les lourds tombereaux.

Tout à coup, un vieillard dont les guenilles jaunes,
Imitaient la couleur de ce ciel pluvieux,
Et dont l'aspect aurait fait pleuvoir les aumônes,
Sans la méchanceté qui luisait dans ses yeux,

M'apparut. On eût dit sa prunelle trempée
Dans le fiel; son regard aiguisait les frimas,

일곱 늙은이

우글거리는 도시, 몽환으로 가득 찬 도시,
한낮에도 허깨비가 행인에게 달라붙는다!
이 억센 거인의 좁은 대롱을 타고,
어디서나 신비가 수액인 양 흐른다.

어느 아침, 음산한 거리에서
안개가 집들의 높이를 늘여,
물 불어난 강물의 양 둑처럼 보일 때,
배우의 혼을 닮은 무대배경,

더럽고 누런 는개가 공간에 넘쳐흐를 때,
나는 주역처럼 신경을 빳빳이 세우고
벌써 지친 내 혼과 따지면서, 육중한 짐마차에
흔들리는 성문밖거리를 따라가고 있었다.

난데없이, 늙은이 하나, 그 누런 누더기가
우중충한 저 하늘의 색깔을 흉내 내고,
그 두 눈 속에 사악함만 없었다면,
적선이 빗발치듯 쏟아졌을 몰골로,

내 앞에 나타났다. 담즙 속에 담근 눈동자라
해야 하나, 그 눈초리는 서릿발을 더욱 날카롭게 하고,

Et sa barbe à longs poils, roide comme une épée,
Se projetait, pareille à celle de Judas.

Il n'était pas voûté, mais cassé, son échine
Faisant avec sa jambe un parfait angle droit,
Si bien que son bâton, parachevant sa mine,
Lui donnait la tournure et le pas maladroit

D'un quadrupède infirme ou d'un juif à trois pattes.
Dans la neige et la boue il allait s'empêtrant,
Comme s'il écrasait des morts sous ses savates,
Hostile à l'univers plutôt qu'indifférent.

Son pareil le suivait : barbe, oeil, dos, bâton, loques,
Nul trait ne distinguait, du même enfer venu,
Ce jumeau centenaire, et ces spectres baroques
Marchaient du même pas vers un but inconnu.

À quel complot infâme étais-je donc en butte,
Ou quel méchant hasard ainsi m'humiliait?
Car je comptai sept fois, de minute en minute,
Ce sinistre vieillard qui se multipliait!

길게 늘어진 그의 수염, 칼처럼 빳빳해서,
뻗쳐 나온 그 꼴이 유다의 수염과 방불했다.

꼬부라진 게 아니라, 꺾여졌다, 그의 등뼈,
다리와 어울려 완전한 직각 하나를 만드니,
이제 지팡이가 그 풍채를 완성하려고,
불구의 네발짐승 혹은 세 발 유태인의

매무새에 위태위태한 걸음걸이를 그에게 장치했다.
눈과 진흙 속에 발목이 빠지며 그는 가고 있었다,
헌신짝 아래 주검을 짓밟기라도 하는 듯이,
세상에 무관심하기보다는 차라리 적대하며.

똑같은 허울이 그 뒤를 따랐다. 수염, 눈, 등, 지팡이, 넝마,
무엇 하나 구별되지 않았다, 똑같은 지옥에서 나온
이 백 살 먹은 쌍둥이는. 그리고 이 바로크풍 유령들은
똑같은 걸음걸이로 알 수 없는 목적지로 걸어가고 있었다.

아니 내가 무슨 추악한 음모의 대상이 되어 있었던가,
아니면 무슨 사악한 우연이 나를 욕보이고 있었던가!
나는 일곱 번을 헤아렸다, 일 분마다 하나씩,
늘어나고 늘어나는 이 음산한 늙은이를!

Que celui-là qui rit de mon inquiétude,
Et qui n'est pas saisi d'un frisson fraternel,
Songe bien que malgré tant de décrépitude
Ces sept monstres hideux avaient l'air éternel!

Aurais-je, sans mourir, contemplé le huitième,
Sosie inexorable, ironique et fatal,
Dégoûtant Phénix, fils et père de lui-même?
—— Mais je tournai le dos au cortège infernal.

Exaspéré comme un ivrogne qui voit double,
Je rentrai, je fermai ma porte, épouvanté,
Malade et morfondu, l'esprit fiévreux et trouble,
Blessé par le mystère et par l'absurdité!

Vainement ma raison voulait prendre la barre;
La tempête en jouant déroutait ses efforts,
Et mon âme dansait, dansait, vieille gabarre
Sans mâts, sur une mer monstrueuse et sans bords!

그대가 누구이건 내 불안을 비웃으며,
나와 똑같은 전율에 사로잡히지 않는 자여,
생각해 보라, 그토록 늙어 빠졌건만,
그 추악한 일곱 괴물이 불멸의 얼굴을 지녔다는 걸!

내가 여덟째를 죽지 않고 바라볼 수 있었을까,
냉혹하고, 빈정거리고, 치명적인 쌍둥이를,
저 자신의 아들이자 아비인 메스꺼운 불사조를?
── 그러나 나는 그 지옥 행렬에 등을 돌렸다.

하나를 둘로 보는 주정꾼처럼 격분해서,
나는 집에 돌아왔다, 문을 닫았다, 겁에 질리고,
병들고 맥이 풀려서. 정신이 열에 들뜨고 혼미해져서,
신비와 어처구니 없음에 상처를 입고!

헛되이 내 이성은 키를 잡으려 하나,
폭풍이 장난치며 그 노력을 훼방하고,
내 혼은 춤을 추고, 춤을 췄다. 돛도 없는
낡은 거룻배, 끝도 가도 없는 괴이한 바다 위에서!

LES PETITES VIEILLES

I

Dans les plis sinueux des vieilles capitales,
Où tout, même l'horreur, tourne aux enchantements,
Je guette, obéissant à mes humeurs fatales
Des êtres singuliers, décrépits et charmants.

Ces monstres disloqués furent jadis des femmes,
Éponine ou Laïs! Monstres brisés, bossus
Ou tordus, aimons-les! ce sont encor des âmes.
Sous des jupons troués et sous de froids tissus

Ils rampent, flagellés par les bises iniques,
Frémissant au fracas roulant des omnibus,
Et serrant sur leur flanc, ainsi que des reliques,
Un petit sac brodé de fleurs ou de rébus;

Ils trottent, tout pareils à des marionnettes;
Se traînent, comme font les animaux blessés,
Ou dansent, sans vouloir danser, pauvres sonnettes
Où se pend un Démon sans pitié! Tout cassés

키 작은 노파들

I

늙은 수도의 구불구불한 주름 속,
모든 것이, 공포마저도 매혹으로 변하는데,
나는 내 타고난 성미에 못 이겨 숨어 기다린다,
늙어 빠져서도 매력 있는, 기이한 생명들을.

이 우그러진 괴물들도 옛날에는 여자였다,
에포닌이거나 라이스였다! 허리 꺾인, 곱사등이 된,
혹은 뒤틀린 이 괴물들을 사랑하자! 아직은 생령들이다.
구멍 뚫린 치마를 걸치고 차가운 입성을 걸치고

그들은 기어간다, 불공평한 북풍의 매를 맞으며,
합승 마차들 굴러가는 굉음에 몸을 떨며,
꽃이니 수수께끼 그림이니 수놓은 손가방을 하나씩
성자의 유물인 양 옆구리에 눌러 끼고,

영락없는 꼭두각시, 그들은 잔걸음 치며,
상처 입은 짐승이 그렇듯 몸뚱이를 끌며,
혹은, 추고 싶지 않은 춤을 추며 걸어가니, 무자비한
악마가 매달린 가련한 방울이로다! 몸은 비록

Qu'ils sont, ils ont des yeux perçants comme une vrille,
Luisants comme ces trous où l'eau dort dans la nuit;
Ils ont les yeux divins de la petite fille
Qui s'étonne et qui rit à tout ce qui reluit.

— Avez-vous observé que maints cercueils de vieilles
Sont presque aussi petits que celui d'un enfant?
La Mort savante met dans ces bières pareilles
Un symbole d'un goût bizarre et captivant,

Et lorsque j'entrevois un fantôme débile
Traversant de Paris le fourmillant tableau,
Il me semble toujours que cet être fragile
S'en va tout doucement vers un nouveau berceau;

À moins que, méditant sur la géométrie,
Je ne cherche, à l'aspect de ces membres discords,
Combien de fois il faut que l'ouvrier varie
La forme de la boîte où l'on met tous ces corps.

— Ces yeux sont des puits faits d'un million de larmes,
Des creusets qu'un métal refroidi pailleta...

망가졌어도, 그 눈은 송곳처럼 꿰뚫으며,
한밤의 물 고인 웅덩이처럼 번들거리니,
반짝이는 것에는 어느 것에나 놀라 웃어대는
소녀의 거룩한 눈을 그들은 지녔다.

— 그대는 눈여겨본 적 있는가, 노파들의 관이 자주
어린애의 관이 아닌가 싶게 작다는 것을?
유식한 죽음은 고만고만한 관 속에
괴이하고 흥미로운 취향으로 상징을 하나씩 담아 두기에,

우글거리는 파리의 화폭을 가로지르는
가냘픈 허깨비 하나를 볼 때마다,
나는 그 허약한 생명이 새로운 요람을 향해
가만가만 걸어가는 것이 아닌가 싶기도 하고.

기하학을 생각하며, 계산도 해 본다,
팔다리의 모습이 저리도 어그러졌으니,
이 모든 몸뚱이가 담길 관의 모양을
목수는 몇 번이나 바꿔야 할지.

— 이들 눈은 백만 방울 눈물로 이뤄진 우물,
식어 버린 쇠붙이가 반짝이는 도가니……

Ces yeux mystérieux ont d'invincibles charmes
Pour celui que l'austère Infortune allaita!

II

De Frascati défunt Vestale enamourée;
Prêtresse de Thalie, hélas! dont le souffleur
Enterré sait le nom; célèbre évaporée
Que Tivoli jadis ombragea dans sa fleur,

Toutes m'enivrent; mais parmi ces êtres frêles
Il en est qui, faisant de la douleur un miel,
Ont dit au Dévouement qui leur prêtait ses ailes :
Hippogriffe puissant, mène-moi jusqu'au ciel!

L'une, par sa patrie au malheur exercée,
L'autre, que son époux surchargea de douleurs,
L'autre, par son enfant Madone transpercée,
Toutes auraient pu faire un fleuve avec leurs pleurs!

이들 신비로운 눈은 벗어날 수 없는 매력을 지녔다,
엄혹한 불운의 젖을 빨았던 자에게라면!

II

사라진 프라스카티의 사랑에 들뜬 베스타 무녀,
아 가엾다, 탈리의 여사제, 그 이름을 알 만한
프롬프터는 땅에 묻혔고, 일찍이 티볼리가
그 꽃그늘에 숨겨 주던 이름난 바람둥이,

그 모든 여자들에 나는 취한다. 그러나 이 연약한
존재들 중에는, 고통으로 꿀을 빚어내며,
날개 빌려준 헌신에게 이렇게 말한 여자들도 있다,
억센 히포그리프야, 나를 하늘까지 실어 가 다오!

어느 여자는 조국 때문에 불행에 시달리고,
다른 여자는 남편이 고통을 지워 주고,
또 다른 여자는 자식 때문에 꿰뚫려 마돈나가 되고,
그 모든 여자들은 눈물로 강이라도 이루었으리!

III

Ah! que j'en ai suivi de ces petites vieilles!
Une, entre autres, à l'heure où le soleil tombant
Ensanglante le ciel de blessures vermeilles,
Pensive, s'asseyait à l'écart sur un banc,

Pour entendre un de ces concerts, riches de cuivre,
Dont les soldats parfois inondent nos jardins,
Et qui, dans ces soirs d'or où l'on se sent revivre,
Versent quelque héroïsme au cœur des citadins.

Celle-là, droite encor, fière et sentant la règle,
Humait avidement ce chant vif et guerrier;
Son œil parfois s'ouvrait comme l'œil d'un vieil aigle;
Son front de marbre avait l'air fait pour le laurier!

IV

Telles vous cheminez, stoïques et sans plaintes,
À travers le chaos des vivantes cités,
Mères au cœur saignant, courtisanes ou saintes,

III

아! 나는 이 키 작은 노파들의 뒤를 얼마나 쫓았던가?
그 가운데 하나는, 떨어지는 태양이
주홍빛 상처로 하늘에 핏물을 들이는 시간에,
생각에 잠겨, 벤치에 외따로 떨어져 앉아,

군인들이 이따금 우리의 공원에 넘치게 쏟아 놓는,
기운들이 되살아나는 것만 같은 금빛 황혼에
얼마큼의 영웅심을 시민들의 가슴에 들이붓는,
풍요로운 브라스밴드의 연주를 듣고 있었다.

여전히 꼿꼿하고 당당하고 규율이 몸에 밴 그녀,
생생한 전투의 노래를 허기진 듯 들이마실 때,
그 눈은 때때로 늙은 독수리의 눈처럼 열리고,
그 대리석 이마는 월계관을 쓰려고 만들어진 듯하였다!

VI

그렇게 당신들은 나아간다, 의연하게 불평도 없이,
번화로운 도시의 혼돈을 헤치며.
가슴에 피 흘리는 어머니들이여, 창녀 또는 성녀들이여,

Dont autrefois les noms par tous étaient cités.

Vous qui fûtes la grâce ou qui fûtes la gloire,
Nul ne vous reconnaît! un ivrogne incivil
Vous insulte en passant d'un amour dérisoire;
Sur vos talons gambade un enfant lâche et vil.

Honteuses d'exister, ombres ratatinées,
Peureuses, le dos bas, vous côtoyez les murs;
Et nul ne vous salue, étranges destinées!
Débris d'humanité pour l'éternité mûrs!

Mais moi, moi qui de loin tendrement vous surveille,
L'oeil inquiet, fixé sur vos pas incertains,
Tout comme si j'étais votre père, ô merveille!
Je goûte à votre insu des plaisirs clandestins :

Je vois s'épanouir vos passions novices;
Sombres ou lumineux, je vis vos jours perdus;
Mon cœur multiplié jouit de tous vos vices!
Mon âme resplendit de toutes vos vertus!

지난날 그 이름이 만인의 입에 회자되던 노파들이여.

우아함 그것이었던 당신들을, 영광 그것이었던 당신들을,
이제는 아무도 알아보지 못하네! 버릇없는 주정뱅이 하나
지나가다 허튼 희롱으로 당신들을 욕보이고,
비겁하고 상스런 아이 하나 당신들의 뒤꿈치에서 까불어
      대네!

살아 있는 게 창피하여, 오그라진 그림자들,
겁먹고, 등을 구부리고, 당신들은 담벼락에 붙어 가고.
아무도 당신들에게 인사하지 않네, 얄궂은 신세들!
영원히 헐어 빠진 인간 잔해들이여!

그러나 나는, 멀리서 다정하게 당신들을 살피며
걱정스런 눈으로 위태로운 그 발걸음을 지켜보는 나는,
아주 당신들의 아버지나 되는 듯이, 오 신기해라!
당신들 모르게 은밀한 즐거움을 맛보네!

당신들의 풋풋한 열정이 피어나는 것을 보며,
어둡건 빛나건, 당신들이 잃어버린 세월을 내가 살고 있으면,
갈래를 친 내 마음이 당신들의 온갖 악덕을 즐기네!
내 넋이 당신들의 온갖 미덕으로 빛나네!

Ruines! ma famille! ô cerveaux congénères!

Je vous fais chaque soir un solennel adieu!

Où serez-vous demain, Èves octogénaires,

Sur qui pèse la griffe effroyable de Dieu?

폐허여! 내 가족이여! 오 동류의 두뇌여!
나는 저녁마다 당신들에게 엄숙하게 작별을 고한다!
당신들은 내일 어디에 있을 것인가, 신의 무서운
손톱에 짓눌리는 팔순의 이브들이여!

A UNE PASSANTE

La rue assourdissante autour de moi hurlait.

Longue, mince, en grand deuil, douleur majestueuse,

Une femme passa, d'une main fastueuse

Soulevant, balançant le feston et l'ourlet;

Agile et noble, avec sa jambe de statue.

Moi, je buvais, crispé comme un extravagant,

Dans son oeil, ciel livide où germe l'ouragan,

La douceur qui fascine et le plaisir qui tue.

Un éclair... puis la nuit! —— Fugitive beauté

Dont le regard m'a fait soudainement renaître,

Ne te verrai-je plus que dans l'éternité?

Ailleurs, bien loin d'ici! trop tard! *jamais* peut-être!

Car j'ignore où tu fuis, tu ne sais où je vais,

O toi que j'eusse aimée, ô toi qui le savais!

지나가는 여인에게

거리는 내 주위에서 귀가 멍멍하게 아우성치고 있었다.
갖춘 상복, 장중한 고통에 싸여, 후리후리하고 날씬한
여인이 지나갔다, 화사한 한 쪽 손으로
꽃무늬 주름장식 치맛자락을 살포시 들어 흔들며,

날렵하고 의젓하게, 조각 같은 그 다리로.
나는 마셨다, 얼빠진 사람처럼 경련하며,
태풍이 싹트는 창백한 하늘, 그녀의 눈에서,
얼을 빼는 감미로움과 애를 태우는 쾌락을.

한 줄기 번갯불…… 그리고는 어둠! — 그 눈길로 홀연
나를 되살렸던, 종적 없는 미인이여,
영원에서밖에는 나는 그대를 다시 보지 못하려가?

저 세상에서, 아득히 먼! 너무 늦게! 아마도 영영!
그대 사라진 곳 내 모르고, 내 가는 곳 그대 알지 못하기에,
오 내가 사랑했었을 그대, 오 그것을 알고 있던 그대여!

BRUMES ET PLUIES

O fins d'automne, hivers, printemps trempés de boue,
Endormeuses saisons! je vous aime et vous loue
D'envelopper ainsi mon cœur et mon cerveau
D'un linceul vaporeux et d'un vague tombeau.

Dans cette grande plaine où l'autan froid se joue,
Où par les longues nuits la girouette s'enroue,
Mon âme mieux qu'au temps du tiède renouveau
Ouvrira largement ses ailes de corbeau.

Rien n'est plus doux au cœur plein de choses funèbres,
Et sur qui dès longtemps descendent les frimas,
O blafardes saisons, reines de nos climats,

Que l'aspect permanent de vos pâles ténèbres,
— Si ce n'est, par un soir sans lune, deux à deux,
D'endormir la douleur sur un lit hasardeux.

안개와 비

오 가을의 끝, 겨울, 흙물에 젖은 봄,
졸음을 몰고 오는 계절들! 나는 사랑하고 기리노라,
안개 수의와 몽롱한 무덤으로
내 마음과 뇌수를 이처럼 감싸 주는 그대들을.

이 허허벌판에, 차가운 바람 뛰놀고,
긴긴 밤 새워 바람개비 목이 쉬는데,
내 혼은 제 까마귀의 날개를
다사로운 새봄에서보다 더 활짝 펴리라.

음산한 것들 가득한 데다, 오래 전부터
서리 내린 이 가슴에, 더 아늑한 것은 없구나,
오 우중충한 계절, 우리네 기후의 여왕이여,

그대 창백한 어둠의 한결같은 모습보다,
── 달도 없는 어느 저녁에, 둘씩 둘씩,
아슬아슬한 침대에서 고뇌를 잠재우기가 아니라면.

LE VIN DES CHIFFONNIERS

Souvent, à la clarté rouge d'un réverbère
Dont le vent bat la flamme et tourmente le verre,
Au cour d'un vieux faubourg, labyrinthe fangeux
Où l'humanité grouille en ferments orageux,

On voit un chiffonnier qui vient, hochant la tête,
Buttant, et se cognant aux murs comme un poète,
Et, sans prendre souci des mouchards, ses sujets,
Épanche tout son cœur en glorieux projets.

Il prête des serments, dicte des lois sublimes,
Terrasse les méchants, relève les victimes,
Et sous le firmament comme un dais suspendu
S'enivre des splendeurs de sa propre vertu.

Oui, ces gens harcelés de chagrins de ménage,
Moulus par le travail et tourmentés par l'âge,
Éreintés et pliant sous un tas de débris,
Vomissement confus de l'énorme Paris,

Reviennent, parfumés d'une odeur de futailles,
Suivis de compagnons, blanchis dans les batailles,

넝마주이의 술

바람이 불꽃을 때리고 유리 등피를 흔들어 대는
가로등 붉은 불빛 아래, 종종 보이는 것은,
폭풍의 누룩처럼 인간들 우글거리는
진창의 미로, 낡은 성문밖거리 한복판에,

머리 주악거리며, 비틀비틀, 시인처럼
담벼락에 부딪치며 오는 넝마주이 한 사람,
제 신하 놈일 뿐인 밀정 따위 아랑곳도 없이
제 온갖 포부를 영광스런 계획으로 털어놓는다.

선서를 하고, 숭고한 법률을 공포하고,
악인들을 타도하고, 희생자를 들어 일으키고,
옥좌에 드리운 닫집 같은 하늘 아래서
제 자신의 찬란한 덕행에 도취한다.

그렇다, 살림살이 고달픔에 쪼들린 이 사람들,
노동에 골병들고 나이에 시달리고,
거대한 파리의 난잡한 토사물,
그 쓰레기 더미에 깔려 기진맥진 꼬부라져서,

술통 냄새 풍기며 집으로 돌아가는 길,
싸움터에서 백발이 된 동지들이,

Dont la moustache pend comme les vieux drapeaux.
Les bannières, les fleurs et les arcs triomphaux

Se dressent devant eux, solennelle magie!
Et dans l'étourdissante et lumineuse orgie
Des clairons, du soleil, des cris et du tambour,
Ils apportent la gloire au peuple ivre d'amour!

C'est ainsi qu'à travers l'Humanité frivole
Le vin roule de l'or, éblouissant Pactole;
Par le gosier de l'homme il chante ses exploits
Et règne par ses dons ainsi que les vrais rois.

Pour noyer la rancoeur et bercer l'indolence
De tous ces vieux maudits qui meurent en silence,
Dieu, touché de remords, avait fait le sommeil;
L'Homme ajouta le Vin, fils sacré du Soleil!

낡아빠진 군기처럼 콧수염을 늘어뜨리고 뒤따르니.
깃발들이, 꽃다발들이, 개선문들이

저들 앞에 일어서는구나, 장엄한 마술이여!
그리하여 나팔과 태양, 함성과 북소리의
멍멍하고 휘황한 법석 속에서
사랑에 취한 민중에게 저들은 영광을 안겨 준다!

이렇듯 하찮은 인성(人性)을 가로질러,
눈부신 팍토로스 강, 술은 황금을 굴린다,
사람의 목구멍을 빌려 술은 제 공훈을 노래하고,
갖가지 선물을 베풀어 진정한 왕들처럼 군림한다.

침묵 속에 죽어 가는 이 모든 저주받은 늙은이들의
원한을 묽게 하고 무기력을 달래려고,
신은, 회한에 차서, 잠을 만드셨으니,
인간은 술을 덧붙였다, 태양의 거룩한 아들을!

LA MORT DES AMANTS

Nous aurons des lits pleins d'odeurs légères,
Des divans profonds comme des tombeaux,
Et d'étranges fleurs sur des étagères,
Ecloses pour nous sous des cieux plus beaux.

Usant à l'envi leurs chaleurs dernières,
Nos deux cœurs seront deux vastes flambeaux,
Qui réfléchiront leurs doubles lumières
Dans nos deux esprits, ces miroirs jumeaux.

Un soir fait de rose et de bleu mystique,
Nous échangerons un éclair unique,
Comme un long sanglot, tout chargé d'adieux;

Et plus tard un Ange entr'ouvrant les portes
Viendra ranimer, fidèle et joyeux,
Les miroirs ternis et les flammes mortes.

연인들의 죽음

우리는 가질 거야, 가벼운 향기 가득한 침대들을,
무덤처럼 깊숙한 장의자들을,
그리고 시렁 위에서는 진기한 꽃들이
한결 아름다운 하늘 아래 우리를 위해 피어나고.

마지막 가진 열기를 다투어 써 버리며,
우리의 두 마음은 커다란 두 자루 횃불이 되어.
그 두 겹으로 어울린 불빛을 비출 거야,
우리의 두 정신, 이 쌍둥이 거울에.

장밋빛과 신비로운 푸름으로 짜인 어느 저녁,
우리는 단 하나의 불꽃을 주고받을 거야,
이별의 말이 가득 실린 긴 흐느낌처럼.

그리고 조금 후에 한 천사가 문을 살며시 열고
들어와 되살리겠지, 정성스럽고도 즐겁게,
흐려진 두 거울과 사윈 두 불꽃을.

LE VOYAGE

A MAXIME DU CAMP

I

Pour l'enfant, amoureux de cartes et d'estampes,
L'univers est égal à son vaste appétit.
Ah! que le monde est grand à la clarté des lampes!
Aux yeux du souvenir que le monde est petit!

Un matin nous partons, le cerveau plein de flamme,
Le cœur gros de rancune et de désirs amers,
Et nous allons, suivant le rythme de la lame,
Berçant notre infini sur le fini des mers :

Les uns, joyeux de fuir une patrie infâme;
D'autres, l'horreur de leurs berceaux, et quelques-uns,
Astrologues noyés dans les yeux d'une femme,
La Circé tyrannique aux dangereux parfums.

Pour n'être pas changés en bêtes, ils s'enivrent
D'espace et de lumière et de cieux embrasés;
La glace qui les mord, les soleils qui les cuivrent,
Effacent lentement la marque des baisers.

80

여행

I

지도와 판화를 사랑하는 어린 아이에게
우주는 그의 광막한 식욕과 맞먹는다.
아! 세계는 등불 아래서 얼마나 큰가!
추억의 눈에 비치는 세계는 얼마나 작은가!

어느 아침 우리는 떠난다, 뇌수는 불꽃으로 가득하고,
원한과 쓰라린 욕망으로 부푼 가슴을 안고,
그리고 우리는 간다, 물결의 선율을 따라,
끝 있는 바다 위에 우리의 끝없는 마음을 흔들어 달래며.

더러는 수치스런 조국을 벗어나는 것이 즐겁고,
더러는 제 요람의 공포를, 또 몇몇 사람들은,
한 여자의 눈에 빠진 점성가들은, 위험한 향기 낭자한
폭압의 키르케를 피해 달아나는 것이 즐겁다.

짐승으로 둔갑하진 않으려고, 허공과 빛살에,
불타오르는 하늘에 그들은 심취하니,
살을 물어뜯는 얼음, 피부에 구리를 씌우는 태양이
입맞춤의 자국들을 천천히 지운다.

Mais les vrais voyageurs sont ceux-là seuls qui partent

Pour partir; coeurs légers, semblables aux ballons,

De leur fatalité jamais ils ne s'écartent,

Et, sans savoir pourquoi, disent toujours : Allons!

Ceux-là dont les désirs ont la forme des nues,

Et qui rêvent, ainsi qu'un conscrit le canon,

De vastes voluptés, changeantes, inconnues,

Et dont l'esprit humain n'a jamais su le nom!

II

Nous imitons, horreur! la toupie et la boule

Dans leur valse et leurs bonds; même dans nos sommeils

La Curiosité nous tourmente et nous roule,

Comme un Ange cruel qui fouette des soleils.

Singulière fortune où le but se déplace,

Et, n'étant nulle part, peut être n'importe où!

Où l Homme, dont jamais l'espérance n'est lasse,

Pour trouver le repos court toujours comme un fou!

그러나 참다운 여행자는 오직 떠나기 위해
떠나는 자들. 마음 가볍게, 기구와 같이,
제 몫의 숙명에서 결코 비켜나지 못하건만,
까닭도 모르고 노상 말한다, 가자!

그들의 욕망은 구름의 모습,
대포를 꿈꾸는 신병과 같이, 그들이 꿈꾸는 것은,
어느 인간의 정신도 여태 그 이름을 알지 못한,
저 변덕스런, 미지의 광막한 쾌락!

II

우리가 흉내내는 것은, 무섭도다! 춤추는 팽이와
튀어 오르는 공, 심지어 잠자고 있을 때조차
호기심은 우리를 들볶고 우리를 굴려 대니,
태양을 채찍질하는 잔인한 천사와 같구나.

얄궂은 운명, 목적지가 이리저리 움직이니
아무 데도 아닌가 하면, 어디라도 될 수 있네!
희망은 결코 지칠 줄을 모르니, 인간은
휴식을 찾아 노상 미친놈처럼 달리네!

Notre âme est un trois-mâts cherchant son Icarie;
Une voix retentit sur le pont : « Ouvre l'œil! »
Une voix de la hune, ardente et folle, crie :
« Amour... gloire... bonheur! » Enfer! c'est un écueil!

Chaque îlot signalé par l'homme de vigie
Est un Eldorado promis par le Destin;
L'Imagination qui dresse son orgie
Ne trouve qu'un récif aux clartés du matin.

O le pauvre amoureux des pays chimériques!
Faut-il le mettre aux fers, le jeter à la mer,
Ce matelot ivrogne, inventeur d'Amériques
Dont le mirage rend le gouffre plus amer?

Tel le vieux vagabond, piétinant dans la boue,
Rêve, le nez en l'air, de brillants paradis;
Son oeil ensorcelé découvre une Capoue
Partout où la chandelle illumine un taudis.

우리의 넋은 이카리아를 찾아가는 세 돛대 범선,
목소리 하나가 갑판 위에 울린다, "눈을 떠라!"
망대의 목소리 하나가 열에 들떠 미친 듯 외친다,
"사랑이다…… 영광이다…… 행복이다!" 아뿔싸! 그것은
    암초!

망보는 사내가 가리키는 섬은 하나같이
운명이 약속했던 황금의 나라 엘도라도,
흥청망청 잔치판을 차리는 상상력이
아침 햇빛에 발견하는 건 숨은바위일 따름.

오 환상의 나라를 사랑하는 가엾은 사내!
저 인간을 사슬에 묶어 바다에 던져야만 할까,
그 눈의 신기루가 심연을 더욱 쓰라리게 만드는
저 주정뱅이 선원을, 아메리카의 발견자를?

늙은 방랑자도 매한가지, 진창을 밟으면서도,
코끝을 하늘로 쳐들고, 빛나는 낙원을 꿈꾼다.
촛불이 움집을 비춰 주는 곳 어디에서나,
그의 홀린 눈은 카푸아를 하나씩 발견해 낸다.

III

Étonnants voyageurs! quelles nobles histoires
Nous lisons dans vos yeux profonds comme les mers!
Montrez-nous les écrins de vos riches mémoires,
Ces bijoux merveilleux, faits d'astres et d'éthers.

Nous voulons voyager sans vapeur et sans voile!
Faites, pour égayer l'ennui de nos prisons,
Passer sur nos esprits, tendus comme une toile,
Vos souvenirs avec leurs cadres d'horizons.

Dites, qu'avez-vous vu?

IV

                        « Nous avons vu des astres
Et des flots; nous avons vu des sables aussi;
Et, malgré bien des chocs et d'imprévus désastres,
Nous nous sommes souvent ennuyés, comme ici.

La gloire du soleil sur la mer violette,

III

놀라운 여행자들이여! 얼마나 고결한 이야기를
우리는 바다처럼 깊은 당신들의 눈에서 읽는가!
당신들의 풍요로운 기억의 상자를 우리에게 보여 주게,
별과 에테르로 만들어진 그 신기한 보석들을.

증기도 돛도 없이 여행하고 싶은 우리!
캔버스처럼 팽팽한 우리의 정신에,
수평선을 액틀 삼고 당신들의 추억을 펼쳐 놓아,
우리네 감옥의 권태를 한 번 흥겹게 하시게.

말하게, 당신들이 본 것은 무엇인지?

VI

                                    "우리는 보았네,
별과 물결을, 우리는 보았네, 모래밭도,
숱한 충격과 뜻하지 않은 재변에도 불구하고,
우리는 자주 권태로웠네, 여기서처럼.

보랏빛 바다 위 태양의 광휘가,

La gloire des cités dans le soleil couchant,
Allumaient dans nos coeurs une ardeur inquiète
De plonger dans un ciel au reflet alléchant.

Les plus riches cités, les plus grands paysages,
Jamais ne contenaient l'attrait mystérieux
De ceux que le hasard fait avec les nuages,
Et toujours le désir nous rendait soucieux!

—— La jouissance ajoute au désir de la force.
Désir, vieil arbre à qui le plaisir sert d'engrais,
Cependant que grossit et durcit ton écorce,
Tes branches veulent voir le soleil de plus près!

Grandiras-tu toujours, grand arbre plus vivace
Que le cyprès? —— Pourtant nous avons, avec soin,
Cueilli quelques croquis pour votre album vorace,
Frères qui trouvez beau tout ce qui vient de loin!

Nous avons salué des idoles à trompe;
Des trônes constellés de joyaux lumineux;
Des palais ouvragés dont la féerique pompe

저무는 햇빛 속 도시의 광휘가,
우리의 가슴 속 불안한 열정에 불을 붙여,
매혹적인 석양빛 하늘에 잠겨 들고만 싶었네.

그지없이 호화로운 도시도, 그지없이 웅장한 풍경도,
우연이 구름으로 만들어 내는 풍경의
저 신비로운 매력을 지니지는 못했고,
욕망은 줄기차게 우리를 안달하게 하였지!

— 향락은 욕망에 힘을 덧붙여 주기 마련이라.
욕망아, 쾌락을 거름 삼아 자라는 늙은 나무야,
네 껍질은 두꺼워지고 단단해지건만,
네 가지들은 태양을 더 가까이서 보려 하는구나!

너는 사뭇 커지기만 하는가, 가문비보다
더 검질긴 거목아! — 그러나 우리는 정성을 바쳐,
그대들의 게걸스런 앨범을 위해 크로키 몇 장을 채집했다네,
먼 데서 온 것이라면 무엇이고 아름답다 여기는 형제들이여!

코끼리 코가 달린 우상에,
찬란한 보석 아로새긴 옥좌에 우리는 절을 올렸지,
그 으리으리한 마경으로 자네들 금융가들에게

Serait pour vos banquiers un rêve ruineux;

Des costumes qui sont pour les yeux une ivresse;
Des femmes dont les dents et les ongles sont teints,
Et des jongleurs savants que le serpent caresse. »

V

Et puis, et puis encore?

VI

        « O cerveaux enfantins!
Pour ne pas oublier la chose capitale,
Nous avons vu partout, et sans l'avoir cherché,
Du haut jusques en bas de l'échelle fatale,
Le spectacle ennuyeux de l'immortel péché :

La femme, esclave vile, orgueilleuse et stupide,
Sans rire s'adorant et s'aimant sans dégoût;
L'homme, tyran goulu, paillard, dur et cupide,
Esclave de l'esclave et ruisseau dans l'égoût;

파산의 꿈을 안길 저 공들여 세운 궁전에도.

보는 눈에 도취를 하나씩 안겨 주는 의상들,
이빨과 손톱을 물들인 여인들,
뱀의 애무를 받는 공교로운 마술사들."

V

그리고, 그리고 또?

VI

　　　　　　　　"오 어린아이 같은 뇌수들이여!
가장 중요한 일을 잊기 전에 말하자면,
우리는 도처에서 보았다네, 애써 찾은 것도 아니지만,
숙명의 사닥다리 그 꼭대기에서 바닥까지,
불멸의 죄악이 걸린 그 권태로운 광경을.

여자, 비루하고, 교만하고 어리석은 노예,
웃지도 않고 저를 숭배하고, 혐오감도 없이 저를 사랑하고,
남자, 게걸스럽고, 방탕하고, 가혹하고, 욕심 많은 폭군,
노예 중의 노예이자 수채 속의 구정물,

Le bourreau qui jouit, le martyr qui sanglote;
La fête qu'assaisonne et parfume le sang;
Le poison du pouvoir énervant le despote,
Et le peuple amoureux du fouet abrutissant;

Plusieurs religions semblables à la nôtre,
Toutes escaladant le ciel; la Sainteté,
Comme en un lit de plume un délicat se vautre,
Dans les clous et le crin cherchant la volupté;

L'Humanité bavarde, ivre de son génie,
Et, folle maintenant comme elle était jadis,
Criant à Dieu, dans sa furibonde agonie :
« O mon semblable, ô mon maître, je te maudis! »

Et les moins sots, hardis amants de la Démence,
Fuyant le grand troupeau parqué par le Destin,
Et se réfugiant dans l'opium immense!
— Tel est du globe entier l'éternel bulletin. »

즐기는 망나니, 흐느끼는 순교자,
피가 양념을 치고 향을 뿌리는 잔치,
전제 군주를 거세하는 권력의 독약과
바보 만들기 채찍에 기꺼워하는 백성들,

우리네 종교와 매한가지로
저마다 하늘로 기어오르는 이런 저런 종교들,
괴팍한 깃털 이불에서 뒹굴 듯,
못과 말총에서 기쁨을 찾는 성덕,

수다스럽고, 제 재간에 취한 인류,
옛날에 어리석었듯 지금도 어리석어,
그 노기등등한 단말마에 빠져서 신에게 외치는 말이,
오 내 동류, 내 주여, 나는 그대를 저주하노라!

그리고 덜 어리석은 자들, 광우(狂愚)의 대담한 애인들은,
운명의 울에 갇힌 큰 무리 양떼를 피해,
그지없는 아편 속으로 도피하였더라!
— 이것이 온 지구의 변함없는 보고서라네."

VII

Amer savoir, celui qu'on tire du voyage!
Le monde, monotone et petit, aujourd'hui,
Hier, demain, toujours, nous fait voir notre image :
Une oasis d'horreur dans un désert d'ennui!

Faut-il partir? rester? Si tu peux rester, reste;
Pars, s'il le faut. L'un court, et l'autre se tapit
Pour tromper l'ennemi vigilant et funeste,
Le Temps! Il est, hélas! des coureurs sans répit,

Comme le Juif errant et comme les apôtres,
A qui rien ne suffit, ni wagon ni vaisseau,
Pour fuir ce rétiaire infâme; il en est d'autres
Qui savent le tuer sans quitter leur berceau.

Lorsque enfin il mettra le pied sur notre échine,
Nous pourrons espérer et crier : En avant!
De même qu'autrefois nous partions pour la Chine,
Les yeux fixés au large et les cheveux au vent,

VII

쓰디쓴 지식, 여행에서 끌어내는 지식이 이렇구나!
단조롭고 조그만 세계는, 오늘도, 어제도,
내일도, 언제나, 우리의 모습을 우리에게 보여 준다,
권태의 사막에 파인 공포의 오아시스 하나를!

떠나야 하나? 머물러야 하나? 머무를 수 있으면 머물러라.
떠나야 한다면 떠나라, 누구는 달리고 누구는 웅크리니,
눈 부릅뜨고 지키는 불길한 적, 시간을 속이기 위함이라!
딱하다! 저 방랑의 유태인처럼, 저 사도들처럼,

한시도 쉬지 않고, 달리는 사람들이 있건만,
이 야비한 투망꾼을 벗어나기에는 수레도 배도,
어느 것도 충분치 않은데, 제 요람을 떠나지 않고도
그를 죽일 줄 아는 사람들이 있구나.

마침내 그가 우리 등뼈 위에 발을 디디면,
우리는 희망을 품고 외칠 수 있으리라, 앞으로!
옛날에 우리가 중국을 향해 떠났던 것처럼,
눈은 난바다를 응시하고, 머리카락은 바람에 휘날리며,

Nous nous embarquerons sur la mer des Ténèbres

Avec le coeur joyeux d'un jeune passager.

Entendez-vous ces voix, charmantes et funèbres,

Qui chantent : « Par ici! vous qui voulez manger

Le Lotus parfumé! c'est ici qu'on vendange

Les fruits miraculeux dont votre cœur a faim;

Venez vous enivrer de la douceur étrange

De cette après-midi qui n'a jamais de fin? »

A l'accent familier nous devinons le spectre;

Nos Pylades là-bas tendent leurs bras vers nous.

« Pour rafraîchir ton coeur nage vers ton Électre! »

Dit celle dont jadis nous baisions les genoux.

VIII

O Mort, vieux capitaine, il est temps! levons l'ancre!

Ce pays nous ennuie, ô Mort! Appareillons!

Si le ciel et la mer sont noirs comme de l'encre,

Nos coeurs que tu connais sont remplis de rayons!

우리는 어둠의 바다를 향해 돛을 올리리라,
젊은 나그네의 환희에 찬 마음으로.
저 목소리 들리는가? 매혹적이면서도 불길한
그 소리 노래한다, "이리로 오라! 향기로운 로터스가

먹고 싶은 사람들아! 그대들의 마음이 굶주려 찾는
그 기적의 열매를 거둬들이는 곳이 바로 여기,
어서 오라, 언제까지나 끝나지 않는 이 오후의
이상한 감미로움에 취하라."

그 귀에 익은 목소리에 우리는 망령을 알아챈다.
우리의 퓔라데스들이 저기서 우리에게 팔을 내민다.
"당신의 가슴을 식히려면 당신의 엘렉트라에게 헤엄쳐
    오시라!"
지난날 우리가 그 무릎에 입 맞추던 여자가 말한다.

VIII

오 죽음아, 늙은 선장아, 때가 되었다! 닻을 올리자!
우리는 이 나라가 지겹다, 오 죽음아! 출항을 서둘러라!
하늘과 바다가 비록 잉크처럼 검더라도,
네가 아는 우리 가슴은 빛살로 가득 차 있다!

Verse-nous ton poison pour qu'il nous réconforte!

Nous voulons, tant ce feu nous brûle le cerveau,

Plonger au fond du gouffre, Enfer ou Ciel, qu'importe ?

Au fond de l'Inconnu pour trouver du *nouveau!*

네 독을 우리에게 부어 우리의 기운을 북돋아라!
이 불꽃이 이토록 우리의 뇌수를 태우니,
지옥이건 **천국**이건 무슨 상관이냐? 저 심연의 밑바닥에,
저 미지의 밑바닥에 우리는 잠기고 싶다, **새로운 것**을
　　찾아서!

에티엔 카르자가 찍은 보들레르 초상
1861

펠릭스 나다르가 찍은 보들레르 초상
1855

혼혈인 배우 잔 뒤발은 실력 없는 연극배우였으나 보들레르에게는
신비롭고 매혹적인 연인이었다.

에두아르 마네, 「누워 있는 보들레르의 연인」
1862

현대시의 출발

황현산

　문학사는 보들레르가 시의 현대성에 문을 열었다고 기록한다. 이 현대성은 우리가 오늘날에 읽고 쓰는 시의 성격이다. 발레리는 보들레르가 프랑스어의 국경을 넘은 최초의 시인이라고 썼다. 이 말은 종족언어의 우연과 그 정서, 그리고 자연의 리듬에 모든 것을 의지하는 시에서 '시적인 것'을 해방시킨 시가 곧 현대시라고 말하는 것과 같다. 보들레르가 산문시집 『파리의 우울』 서문에 해당하는 글에서 "혼의 서정적 약동, 몽상의 파동, 의식의 소스라침"이라고 했던 것도 이 '시적인 것'의 요목이자 현대시의 특징을 요약하는 말이다. 그는 19세기 중반에 시가 지향해야 할 새로운 목표와 지금 우리가 쓰게 될 시의 성격을 확실하게 알고 있었다.

　보들레르는 그 생존연대(1821-1867)에 의해 시의 역사에서 변혁의 중심에 설 수 있었다. 그는 시 「원수」에서 자신의 청춘이 "캄캄한 폭풍우"에 지나지 않았다고 쓴다. 그의 청춘을 휩쓸었던 폭풍우는 또한 낭만주의의 폭풍우였다. 젊은 날에 낭만주의 시대를 살았던 보들레르에게서는 자기 청춘에 대한 회한과 반성이 낭만주의 문학 전체에 대한 성찰이 되는 것은 당연하다. 낭만주의의 무절제와 그에 맞선 파르나스의 순수한 형식미를 모두 자기 삶의 사건으로 체험했던 보들레르는 그 양쪽을 아울러 또 하나의 길을 개척한다는 문학적 사건을 자신의 삶으로 감당했다. 그에게 삶의 사건은 문학적 사건이었으며, 그 역도 마찬가지다. 다른 어떤 작가에게서보다도 보들레르에게서 한 작가의 작품이 그 삶과의 대질을 통하여 의미를 얻게 되는 가장 날카로운 예를 보게 되는 것은 이 때문이다.

파리에서 태어나 어린 시절에 아버지의 죽음과 어머니의 재혼을 보았으며, 스무 살이 될 때까지 파리 소재 각급 교육기관의 학생으로 살다 자신에게서 문학과 예술의 취향과 재능을 발견하면서 급속하게 보헤미안의 생활에 빠져들었으며, 그것을 염려한 가족들의 권유로 결국 끝마치지 못할 인도 여행을 떠났으며, 귀국 후에는 여러 젊은 문인들과 우정을 맺으며 자기 아버지의 유산으로 부유하고 재능 있는 파리의 건달이 되었으며, 끝내는 가족들에게 유산을 회수당하고 금치산자가 되어 가난한 생활로 영락했으며, 그래서 문학비평과 미술비평으로 생활비를 벌지 않을 수 없었으며, 그 과정에서 어쩔 수 없이 실천된 동시대인들에 대한 폭넓고 면밀한 성찰로 새로운 문학사적 도정을 개척하고 만 보들레르의 이력은 우리에게 이미 낯선 것이 아니다.

보들레르는 1857년『악의 꽃』이란 제목으로 한 권의 시집을 출판했다. 그러나 이 시집은 '반도덕성'을 이유로 법의 심판을 받는다. 시집의 출판으로 가난에서 벗어나려 했던 보들레르는 오히려 상당한 액수의 벌금을 지불해야 했으며, 시집은 여섯 편의 시를 삭제당하여 치명적인 손상을 입는다. 그러나 보들레르는 4년 후인 1861년 삭제된 여섯 편의 시 대신 서른다섯 편의 시를 더하여『악의 꽃』재판을 출간한다.

보들레르는『악의 꽃』이 "단순한 앨범이 아니라, 처음과 끝을 가지고" 있는 "건축"임을 강조하며, 그 "잔학한 책 속에" 자신의 모든 심정, 모든 애정, 모든 종교, 모든 증오를 쏟아 부었다고 말했다. 재판을 기준으로 할 때(사실상 이것이 유일한 기준이다.)『악의 꽃』은 "우울과 이상", "파리 풍경", "술", "악의 꽃", "반항", "죽음" 등 여섯 부로 구성되어 있다. 1부 제목에 나타나는 '우울'과 '이상'은 보들레르의 예술가적 생애와 미학 전체를 설명하는 말이다. 악마가 지배하는 이 삶은 권태와 우울의 긴

지속이며, 이상은 그 막막한 삶의 시간에 한 번 불꽃을 일으키는 특별한 사건이지만 순간에 속하는 작은 점일 뿐이다. 악 속에서의 양심도, 혼돈 속에서 체험하는 예술적 질서도 모두 그 점의 발명과 창조에 연결된다. 초판에는 없었지만 재판에서 덧붙여진 2부 "파리 풍경"의 시편들은 도시적 정서에 시적 가치를 부여한 작품으로 보들레르가 주장하는 문학적 현대성의 예시가 된다. 3부 "술"은 정신과 감정을 앙양하고 감각을 확대하기 위한 인공 수단에 대한 예찬이다. 4부 "악의 꽃"은 풍속과 문화에 대한 반항이며, 5부 "반항"은 기독교에 대한 반항이다. 6부 "죽음"은 진정한 삶의 변혁, 그러나 언제까지나 미지에 속할 변혁에 대한 전망이다.

이 번역본은 『악의 꽃』 재판의 126편 시 가운데 중요하다고 생각되거나 널리 알려진 시 스무 편을 골라 한국어로 옮긴 것이다. 다음은 각 시편에 대한 간략한 주석이다.

「독자에게」

『악의 꽃』 초판이 발간되기 2년 전인 1855년에 《양세계평론(Revue des Deux Mondes)》에 처음 발표되었다. 초판에서도 재판에서도 번호가 없이 시집의 첫 시로 실렸다.

예술가는 매혹적인 악의 본질을 그리는 데 성실하면서도 늘 윤리적 고뇌를 지니고 있어야 한다는 시인의 미학적 윤리관을 담은 이 시는 『악의 꽃』의 서시가 되기에 충분하다. 그러나 마지막 시구가 말하듯이 이 악은 시인만 지닌 것이 아니다. 독자도 거기서 빠져나갈 수 없다. 보들레르는 시인과 독자를 같은 자리에 세워 놓고 있으며, 이 점에서도 그는 현대적이다.

'트리스메지스트'는 '키가 세 배나 큰 자'라는 뜻으로 전통적으로 마술과 신비학의 신인 헤르메스 신에게 붙이던 말이었다. 마지막 연의 '물담뱃대'는 아편을 피우는 기구다. 터키에서 처음 사용된 것으로 알려져 있다.

「알바트로스」

1859년에 낱장으로 인쇄된 적이 있으며 『악의 꽃』 재판에 수록되었다.

시인은 고결한 정신이 저주를 받아 자신에게 맞지 않는 속악한 세상에 유배된 존재라는 낭만주의적 신화가 시의 밑바탕에 깔려 있다. 그러나 낭만주의 시인들이 시에 대한 세속의 몰이해를 탓할 때, 이 시는 세상 사람들의 몰이해를 넘어서서 그들의 잔혹함을 강조한다는 점에서 독창적이다.

「상승」

초판과 재판에 모두 실려 있는 이 시는 1857년에 처음 발표되었다.

육체가 지상의 중력에서 벗어나, 정신이 그 순수성을 회복하는 것은 시인으로 태어나 시인으로 사는 자의 축복이다. 시인은 "삶 위로 날며, 꽃들과 말없는 것들의 말을 애쓰지 않고 알아듣는" 특별한 능력을 얻은 자이다. 그러나 앞의 세 연을 1인칭으로 쓴 이 시는 나머지 두 연을 3인칭으로 쓴다. 이러한 인칭의 변화는 앙양된 감정과 객관적 현실 사이의 미묘한 격차를 드러낸다.

「만물조응」

초판과 재판에 수록된 시이지만, 제작 시기에 관해서는, 시인이 20대였던 1845-1846년으로 추정하는 의견과 30대의 시인이 『악의 꽃』의 출간을 준비하고 있던 1955년경으로 추정하는 의견이 있다. 제목의 '만물조응(correspondance)'은 우주가 일정한 수의 유비적 세계로 이루어져 있으며, 그 구성요소들은 서로 거울 노릇을 하기에, 한 사물이 다른 사물의 상징이 될 수 있다는 주장 또는 그런 현상을 일컫는 말이다.

1연은 천상계와 지상의 자연 간에 유비관계가 성립하여 자연 사물 하나하나는 하늘의 뜻을 드러내는 상징이 된다고 말한다. "간혹"은 어떤 특별한 순간을 말하며, 그 상징의 말이 '혼돈스럽다'는 것은 자연 현상을 '번역'할 수 있는 특별한 능력이 필요하다는 뜻이다. 시인이 그 해석자에 속하는 것은 말할 것도 없다. 시인은 또 하나의 소우주인 자신의 내면 풍경을 풍부하게 함양하여 외부 풍경을 조응하게 함으로써 그 능력을 얻을 수 있다.

2연에서는 완벽한 어둠 속에서 혹은 완벽한 빛 속에서 우주가 하나로 통합되듯이, 개별 감각의 경계가 무너져 감각 세계가 하나로 통합되는 공감각 현상에 관해 말한다. 만물조응의 가장 사실적인 체험이 이 공감각 체험으로 표현된다. 이어서 3연과 4연은 후각을 중심으로 일어나는 감각 사이의 교환 현상을 구체적으로 열거하고, 어떤 강한 향기의 작용에 통합된 감각이 육체의 관능을 자극하여 정신이 높이 들어 올려지는 체험을 말한다. 여기서 열거되는 향들은 주로 침실과 교회에서 감각의 확장과 정신의 열광을 목표로 사용된다.

하늘에서 일어나는 일이 지상에 반영되어 그 짝을 만든다는 만물조응의 사상은 보들레르 시대에도 이미 새로운 것이 아니었지만, 만물조응의 개념에 인간의 육체를 개입시켜, 감각과 관능으로 그 유비와 조응을 체현할 수 있다는 생각은 독창적이다.

「원수」

1855년에 《양세계평론》에 처음 발표되었으며, 초판과 재판에 수록되었다.

시의 첫 연은 허송한 청춘에 대한 회한이다. 보들레르의 청년기는 문학사적으로 낭만주의 시대이기도 하다. 시인은 그 낭만주의의 폐허에 새로운 미학을 건설하려 한다. 시는 2연과 3연에서 다짐과 가능성을 말하지만 마지막 연은 "정체 모를 원수"를 언급하며 좌절의 한탄으로 끝을 맺는다. 이

"정체 모를 원수"는 무엇일까? 이를 설명하기 위해 시간, 죽음, 악마, 후회, 권태 등이 거론되어 왔으며, 시인을 실제적으로 괴롭혔던 빚쟁이와 병고가 언급되기도 했다. 원수는 바로 시인 그 자신이며, 그의 내부와 외부에 있는 모든 불리한 조건이라고 말하면, 앞에서 언급했던 모든 '원수들'을 포괄할 수 있다. 그러나 이런 포괄적 개념이 "정체 모를 원수"로 의인화되었다고 보기는 어렵다. 폴 베니슈가 그의 저서 『환멸파(L'école du désenchantement)』에서, 후기 낭만주의자들의 경우 시인이 도달하려고 했던 미학적 '이상'이 곧 시인의 '원수'라고 했던 말은 보들레르의 "정체 모를 원수"를 이해하는 데도 크게 도움이 된다. 나이가 들수록 이상과의 거리는 더 멀어진다.

「길 떠나는 집시」

1851년 말과 1852년 초 사이에 쓴 수고가 있으며, 초판과 재판에 실렸다.

보들레르에게서 집시들과 떠돌이 곡예사들은 주로 성공하지 못한 예술가, 사회의 변두리로 밀린 예술가를 자주 대표한다. 이 세상의 비루함에서 벗어난 '다른 삶'을 찾는 그들은 『악의 꽃』의 다른 시편에 나타난 여러 인물들과 마찬가지로 현실을 바라보기보다 "무거워지는 눈으로 하늘을 더듬는다." 귀뚜라미와 대지의 모신인 키벨레가 그들을 사랑하는 것은 당연하다. 그들은 자연에 몸을 의탁하고 사는 노숙자들이기 때문이다. 그들에게 "컴컴한 미래의 낯익은 왕국"이 열려 있다는 것은 지극히 아이러니컬하다. 그들은 미래를 훤하게 내다보는 "점쟁이 피붙이"이기 때문이다. 그러나 '알 수 없는 미래'에 그들의 직업적 이득이 걸려 있을 뿐만 아니라 그들이 맞이할 행운도 숨겨져 있다. "컴컴한 미래"가 그들에게 "낯익은 왕국"이라는 것도 아이러니다. '낯익다'는 말에는 그들의 기다림이 내내 결실을 보지 못했다는 뜻이 들어 있지만, 그들의 본향이 거기 있다는 뜻도 숨어 있다. 세상에 컴컴한 것이 아직 남아 있다는 것이 그들의 재산이다.

「미(美)」

1859년 《프랑스평론(Revue française)》에 처음 발표했으며, 초판과 재판에 수록하였다.

이 소네트는 엄밀한 형식과 무감동을 중요시하는 파르나스파의 시에 대한 보들레르의 신앙고백으로 여겨져 왔다. 이때 시의 화자는 영원히 도달할 수 없는 미의 이상 또는 그것을 돌로 형상화한 미의 여신상이 된다. 그러나 한편에서는 이 시에서 아프로디테의 석상이 아니라 한 여자의 목소리를 들으려는 시도들이 많다. (원시의 제목 ‘Beauté’에는 ‘미’라는 뜻과 함께 ‘미인’이라는 뜻이 있다.) 이때 시는 ‘미’ 또는 ‘미인’에게 매혹된 시인의 고통과 저주를 표현하게 된다. 중요한 것은 이상적인 미에 대한 동경이 팜파탈을 향한 미혹과 마찬가지로 치명적인 성격을 갖는다는 것이다.

「미녀 찬가」

1860년 《예술가(L'Artiste)》에 처음 발표했다.

앞의 시 「미(美)」에 대한 설명은 이 시에 대한 설명과 겹친다. 원시의 제목 "Hymne à la Beauté"는 앞의 시와 마찬가지로 「미의 찬가」로도 번역될 수 있으며, 오랫동안 그렇게 번역되어 왔다. 그러나 앞의 시에 비해 이 시는 훨씬 더 동적이고 극적이다. 전체 시 구성의 토대가 되는 하늘/지옥, 천사/악마의 이분법은 그 자체로 팜파탈 또는 매혹적인 미의 이중성을 드러낸다.

「이국의 향기」

1857년 《알랑송주보(Journal d'Alençon)》에 처음 발표된 후 초판과 재판에 수록되었다.

『악의 꽃』에는 보들레르와 친밀한 관계를 가졌던 세 여자, 잔 뒤발, 마리 도브룅, 사바티에 부인과 관련된 시편들이 있다. 이 시는 일반적으로 잔 뒤발 시리즈로 분류된다. 테오도르 드 방빌은 『나의 회고록』에서 잔 뒤발을 상당히 매혹적인 인물로 회고한다. "유색인 여자로, 키가 컸으며, 천진하고 화사한 갈색 얼굴에 심하게 곱슬곱슬한 머리를 이고 있었으며, 사나운 매력이 가득한 그 여왕의 자태에는 신령하면서도 동시에 동물적인 어떤 것이 들어 있었다." 방빌이 전하는 잔 뒤발의 모습은 보들레르가 한 여자의 육체에서 길어내는 열대의 자연과 야성의 풍토를 이해하는 데에 여러 층위에서 도움을 준다.

에메 세제르는 셰익스피어의 『템페스트』를 흑인 버전으로 번안한 『또 하나의 템페스트(Une tempéte)』에서 흑인의 아름다움을 묘사하기 위해 이 시에서 두 구절을 인용했다. "몸매 날씬하고 힘찬 사나이들,/ 그 솔직한 시선이 놀라운 여자들."

「발코니」

1857년에 《알랑송주보》에 발표된 후 초판과 재판에 수록되었다.

잔 뒤발 시리즈로 분류되며, 뛰어난 음악성에 의해 '음악적 상징주의'의 고전으로 인용되는 이 시는 또한 라마르틴의 「호수」, 빅토르 위고의 「올랭피오의 슬픔」, 뮈세의 「추억」과 함께 프랑스의 4대 추억의 시로 꼽힌다. 드뷔시가 이 시에 곡을 붙였다.

「저녁의 해조」

1857년 《프랑스 평론》에 발표되었으며, 초판과 재판에 수록되었다.

사바티에 부인 시리즈로 분류되는 이 시는 보들레르의 시 가운데 향과 음과 색이 어우러진 가장 아름다운 시 가운데 하나다. 시의 말에 '향로(encensoir)', '대제단(reposoir)',

'성광(ostensoir)' 같은 종교적 어휘가 들어 있지만, 시는 종교적 주제에 열중하지 않으며, 사실상 어떤 주제에도 열중하지 않는다. 바이올린의 연주와 꽃의 향기와 황혼의 하늘빛이 연출하는 어느 저녁의 특별한 서정적 울림 속에서 '추억'이라는 말로 표현되는 다른 시간의 체험이 모든 것을 압도한다.

대제단은 가톨릭의 사제가 미사를 집행할 때 성체를 잠시 올려놓는 제단 형태의 지지대이며, 성광은 사제가 축성한 면병을 보관하여 신도들이 경배할 수 있도록 전시하는 데 사용되는, 빛살을 뿜는 태양의 형태로 만들어진 귀금속 세공품을 말한다. 두 낱말이 모두 가톨릭의 성체와 연결되는데, 이 시에서 시인의 "아픈 마음"은 특별한 시간에 환기되는 또 하나의 특별한 시간에 대한 재체험(再體驗)으로 성화된다.

「여행에의 초대」

마리 도브룅 시리즈로 분류되는 이 시는 1855년 《양세계평론》에 발표되었으며, 초판과 재판에 수록되었다.

보들레르에게서 여성의 육체와 내면 풍경의 조응이라는 테마는 여행의 테마와 사랑의 테마가 겹친 형식으로 자주 나타난다. 이 시에서는 여자가 한 풍토의 조응으로 구실하기를 넘어서서 끝내는 그 육체 자체가 그 나라가 되고 그 풍경이 되며, 동시에 그 여행의 수단을 환기한다. 첫 연에서 시인은 사랑하는 여인에게 "너를 닮은 그 나라"로 함께 떠날 것을 제안한다. 이 복된 시간의 나라는 시공에 대한 감각의 깊이가 확보되고, 무엇보다도 정신이 시간의 압박에서 벗어나 그 타고난 자유를 누리게 되는 자리이다. 시의 두 번째 부분은 그 나라의 가구와 향기들을 비롯한 사물들이 지니고 있는 정신적 조응의 힘에 관해 말한다. 마지막 연은 흔들리며 잠들고 있을 배들과 아름다운 저녁 하늘의 이미지를 통해 여행을 위한 준비가 완료되었음을 말하면서 동시에 그에 대한 유예와 망설임을 표현한다. 그 여행이

감행되지는 않지만 이 삶과 저 삶을 잇는 서정적 연통관이 될
것은 분명하다.

시의 핵심부에서 매우 신비롭게 서술되는, "동양의 찬란한
광채"로부터 "마음에게 은밀하게" 전달될 그 "본디 말"은 언어
이전의 언어, 즉 사물이 사물로서 자신을 드러내는 능력과
사물과 사물이 서로 조응하는 능력 이외의 다른 것일 수 없다.
이 점을 염두에 둔다면 사실상 존재하지도 않을 나라로의
출발은 불가능하지만, 정신과 감각의 끊임없는 앙양을 통해
그 나라의 꿈을 내내 간직하는 일은 언제나 가능하다. 여자의
육체는 그 나라의 조응물일 뿐만 아니라 정신과 감각을 앙양하기
위한 정신적이면서도 동시에 물질적인 수단이다. 이 점에서
보들레르가 강조하는 꿈은 좌절된 여행의 대체물에 그치는
것이 아니라 앙양된 정신이 그 나라와 맺는 관계에 대한 사실적
표현이다.

「가을의 노래」

초판에 나타나지 않은 이 시는 1850년《당대평론(Revue
contemporaine)》에 처음 발표되었으며, 재판에서 추가되었다.

마리 도브룅 시리즈에 속한다. "푸르스름한 빛"의 "갸름한
눈"을 가졌던 여배우 마리 도브룅은 '보호자'의 역할을 하던
보들레르를 1855년에 떠났다가 1859년에 재회했다. 보들레르의
시에서 가을은 자주 회한의 계절이다. 노리스 롤리나와 가브리엘
포레가 이 시에 곡을 붙였으며, 프루스트의 『꽃핀 처녀들의
그늘에서』에도 이 시가 언급된다. 우리나라에서도 이 시는 가장
먼저 소개된 보들레르의 시 가운데 하나다. 한국 최초의 근대
시집이라 일컬어지는 김억의 『懊惱의 舞蹈會』(1921)에 이 시가
수록되어 있다.

「태양」

초판 두 번째 시로 실렸으나, "파리 풍경" 편이 추가된 재판에서는 87번 시로 실렸다.

태양을 예찬하는 이 시는 자연주의적이고 목가적이다. 이 점에서 보들레르의 초기작일 것으로 추정된다. 그러나 벤야민은 그의 저서 『보들레르의 작품에 나타난 제2제정기의 파리』에서 이 시편이 "한창 시를 쓰고 있는 시인 자신을 우리에게 보여 주는 유일한" 작품이라고 말했고, "홀로 환상의 칼싸움을" 벌이는 '검객의 은유'에 주목한다. "포석에 걸리듯 말에 비틀거리"는 시인은 도시적 충격 체험으로 자신의 운율을 만든다. "시인 보들레르는 운율법이라는 '페인트모션'을 통해, 그의 근심에서 비롯한 충격을 재현하고, 그와 함께 그들 근심을 방어하게 해 준 수많은 새로운 발견물들을 재현한다. 보들레르가 자신의 시작품에 바쳤던 작업을 칼싸움의 이미지로 고찰하고 싶다면, 그 작품들을 미세한 즉흥시의 중단 없는 연속으로 보기를 배워야 한다." 보들레르는 낭만주의의 목가적 예술관을 완전히 버리기 전부터 도시적 시인이었다.

「일곱 늙은이」

보들레르는 이 시를 다음 시 「키 작은 노파들」과 함께 1859년 9월 당시 저지 섬에 망명 중이던 빅토르 위고에게 보냈다. 재판에 수록되었다.

두 시를 받고 위고가 보낸 답장(1859년 10월)은 유명하다. "귀하가 감사하게도 나에게 헌정한 「일곱 늙은이」와 「키 작은 노파들」, 이들 인상적인 시를 쓸 때 귀하는 무슨 일을 했는지 아십니까? 무슨 일을 했는지? 귀하는 전진하고 있습니다. 앞으로 나아가고 있습니다. 귀하는 예술의 하늘에 내가 알지 못하는 어떤 죽음의 광선을 장치합니다. 귀하는 새로운 전율을 창조합니다." 보들레르는 두 편의 시를 위고에게 보낼 무렵

"파리의 도깨비들"이라는 말을 썼다. 시에서 우리가 읽을 수 있는 것은 "알레고리가 아니라 환각"이라고 클로드 피슈아는 그의 『악의 꽃』 주석에서 말한다. 이 환각은 대도시의 저주받은 일상에서만 볼 수 있는 그런 종류의 환각이다.

「키 작은 노파들」

앞에서 말한 것처럼 빅토르 위고에게 헌정된 시다.

보들레르는 1851년에 쓴 조각글에서 "늙은 여인들에게, 애인들한테, 남편들한테, 자식들한테, 그리고 또한 자기 자신의 실책에 의해 수없이 고통을 받은 저 존재들에게 내가 느끼는 억누를 수 없는 연민은 성적 욕구가 전혀 섞여 있지 않다."고 썼다. 노파들은 시인과 마찬가지로 '진보'의 광풍에 떠밀려 질주하는 군중의 대열에서 시인과 마찬가지로 한 발 물러선, 물러섰기에 오히려 초연할 수 있는 사람들이다.

프라스카티는 18세기에 지어져 보들레르의 소년 시절에 사라진, 도박장과 무도장과 공연장을 갖춘 파리의 호텔이다. 특히 이 호텔의 도박장은 당시 유일하게 여자들에게도 출입이 허용되었다. 베스타 무녀이며 탈리의 여사제인 여자는 그 공연장의 배우일 것으로 추정된다. 티볼리는 옛날 생라자르 역의 자리에 있던 공원이다.

「지나가는 여인에게」

1860년 10월 《예술가》에 처음 발표, 재판에 수록되었다.

이 대표적인 도시적 충격의 서정시에 관해서는 벤야민의 『보들레르의 작품에 나타난 제2제정기의 파리』에 다음과 같은 설명이 있다. "소네트 「지나가는 여인에게」는 군중을 범죄자의 은신처로서가 아니라, 시인을 피해 사라지는 사랑이 숨을 곳을 발견하는 장소로 나타낸다. 이 소네트는 군중의 기능을 부르주아의 생활을 통해서가 아니라 에로틱한 시인의 생활을 통해 논하고 있다고 할 수 있다. 이 기능은 첫눈에 부정적으로 보인다. 그러나 그렇지 않다. 시인을 매혹시킨 출현은 군중 가운데서 에로틱한 시인의 시선을 벗어나기만 하는 것이 아니라, 이 군중에 의해서만 그에게 주어진다. 도시인의 사랑은 첫눈의 사랑이라기보다 마지막 눈의 사랑이다. 마지막 연의 "영영"이 만남의 정점이다. 겉보기에는 이제 헛된 정열이 시인에게서 실제로 불길처럼 솟아나는 것은 바로 이 순간이다. 이 불길이 그를 태운다. 그러나 어떤 불사조도 일어서지 않는다.

첫 3행시의 부활은 사건을 향해 하나의 전망을 열지만, 이 전망은 앞 연에 비추어 볼 때 매우 의심스럽다. 육체에 경련을 일으키는 것, 그것은 하나의 모습에 의해 존재의 모든 구석을 점령당한 자의 감동이 아니다. 그것은 차라리 위압적인 욕망이 고독한 자를 일거에 침입할 때 생겨나는 충격에 가까운 무엇이다. '얼빠진 사람처럼'이라는 표현이 거의 그것을 나타낸다. 시인이 '갖춘 상복'을 강조한다고 해서 그것을 숨길 수는 없다. 사실 하나의 깊은 심연이 만남을 묘사하는 4행시들과 그것을 변형하는 3행시들을 가르고 있다. 티보데가 이 시구들은 '대도시의 한복판에서만 개화할 수' 있다고 썼을 때, 그는 아직 표면에 머물러 있다. 이 시구들은 그 내면의 윤곽 속에, 사랑 자체가 대도시에서 입는 상처를 드러낸다."

마지막 행의 "내가 사랑했었을 그대"에 쓰인 동사의 조건법 대과거는 과거의 사실에 대한 추측을 나타낸다. 시인이 문제의 여인을 만날 수 있었을 것으로 추측되는 과거는 전생(前生)밖에 없다. 그래서 시인과 여인의 눈이 마주치는 짧은 순간에 삼생(三生)의 시간이 수직으로 일어선다고 말할 수 있다.

「안개와 비」

초판과 재판에 수록되었다.

도시에 유기된 자가 그 일상에서 느끼는 쓸쓸함과 황폐함의

정서를 이 회백색 단색 데생보다 더 통절하게 드러낸 시를 찾기는
어려울 것이다. 보들레르는 오랜 시간을 도시에서 홀로 살며,
빚쟁이에 쫓기며 셋방으로, 독서실로, 여인숙으로, 매음굴로 자주
잠자리를 옮겨야 했다. 그 "아슬아슬한 침대에서" 사랑 없는
남녀가 "둘씩 둘씩" 만나 황폐한 마음을 잠재운다.

「넝마주이의 술」

1843년경 초고가 쓰인 이후 여러 차례의 개작과 발표를 거쳐,
초판과 재판에 수록되었다.

이 시의 초고가 작성된 7월 왕정의 시기에 산업사회의
새로운 일꾼에 속한 넝마주이는 폐품을 수집하여 재활용할 수
있게 하는 것이 직업이었지만, 그 자신이 사회의 폐품이라는
점에서 하나의 사회적 알레고리가 되었다. 그 때문에 19세기
많은 예술가들이 넝마주이에 관심을 보였다. 그들은 나폴레옹
군대의 패잔병이었으며, 반정부 반란세력의 주력 부대이기도
했다. 하층사회의 증오심과 복수심을 대표했던 그들은 새로운
사회에 대한 갈망과 반항의 투지를 술에 의지하여 다시 발화하고
유지했다. 보들레르는 이 시를 수차례 개작하면서, 술에 의해
그들의 열정이 고조된다는 생각을, 그들이 열정을 유지하고
고조시키기 위해 술을 이용한다는 생각으로 바꾸어 나갔다.

「연인들의 죽음」

1851년 《의회통신(Le Messager de l'Assemblée)》에 처음 발표되었으며,
초판과 재판에 수록되었다.

정사(情死)의 주제 아래, 사랑에서 죽음의 형식을 발견하고,
죽음으로 사랑을 연장하는 지극히 유미적인 구성 속에
유연하면서도 정밀하게 낱말들이 배열된 이 시는 바로 그 때문에
조직 전체가 하나의 멜로디로 용해되어 있다. 죽음으로 확인되는
사랑과 사랑으로 완성되는 죽음은 그 자체가 예술의 시작점과

목표점의 알레고리가 된다.

「여행」

1859년 일부가 낱장으로 인쇄되었으며, 같은 해에
《프랑스평론(Revue française)》에 발표되었다. 『악의 꽃』의 초판과
재판에 모두 마지막 시로 수록되었다.

이 시가 헌정된 막심 뒤캉(Maxim du Camp, 1822-1894)은
프랑스의 여행가이며 작가이다. 몇 권의 동방여행기와 이탈리아
여행기가 있으며, 여섯 해에 거쳐 파리를 조사·연구하여 여섯
권으로 출간한 『파리, 그 기관, 그 활동, 그 생활(Paris, ses organes, ses
fonctions, sa vie)』(1869-1875)로 유명하다. 자신의 여행에 사진 자료를
남긴 최초의 여행가로도 알려져 있다.

보들레르는 이 시를 유명한 여행가 막심 뒤캉에게 바치고
있지만, 시의 내용을 볼 때 그 의도가 순수하다고 할 수는 없다.
이 시가 쓰인 19세기 중엽에 이르러서는, 서구의 '문명인들'은
이미 지리상의 발견을 끝냈으며, 지구 위에는 어디에도 '권태'와
'압제'와 '죄악'에서, 인간의 '어리석음'에서 벗어난 경이로운
삶이 없다는 것을 알아차렸다. 여행자들이 천신만고의 여행에서
얻은 것은 '쓰디쓴 지식'일 뿐이다. 뒤캉은 또한 과학적 진보의
신봉자였다는 점에서도 암암리에 보들레르의 조롱을 받는다.
인간이 만든 것이 인간을 구원할 수는 없으며, 보들레르가 늘
주장하는 '원죄에서 벗어나는 일'에 도움을 줄 수도 없다. 오직
하나 남아 있는 여행은 '죽음'이다. 죽음의 밑바닥에서 미지의
'새로운 것'을 찾는다는 말은 죽음을 걸고 이 삶에서 다른 삶을
상상하여 삶을 본질적으로 개혁해야 한다는 말과 같다. 이것이
이 시의 결론이며 『악의 꽃』의 마지막 말이다.

번역 판본은 Baudelaire, *Œuvres complètes, I*. Texte établi,
présenté et annoté par Claude Pichois. "Bibliothèque de la

Pléiade". Gallimard. 2004에 수록된 *Les Fleurs du Mal* [1861]을 기준으로 삼았다.

세계시인선 7   악의 꽃

1판 1쇄 펴냄 2016년 5월 19일
1판 13쇄 펴냄 2024년 8월 16일

지은이   샤를 보들레르
옮긴이   황현산
발행인   박근섭, 박상준
펴낸곳   (주)민음사

출판등록   1966. 5. 19. (제16-490호)
주소   서울특별시 강남구 도산대로1길 62(신사동)
           강남출판문화센터 5층 (우편번호 06027)
대표전화   02-515-2000   팩시밀리 02-515-2007

www.minumsa.com

ⓒ 황현산, 2016. Printed in Seoul, Korea

ISBN 978-89-374-7507-8 (04800)
       978-89-374-7500-9 (세트)

세계시인선 목록